青木ゆうか

掌を空に

たなごころ

目次

この作品はフィクションであり、実在する人物・地名・団体・施設などとは一切関係ありません。

掌(たなごころ)を空に

序章

「ねぇ、潮目の海って知ってる？」

車が北茨城に近づくと、右手に見えていた海岸線がぐっと間近に迫る。平行して走る国道六号線には、地元ナンバーの軽トラックが間隔を開けながら走行していくのが見えた。

里実（さとみ）は、その奥に青黒く光り輝く海をぼんやりと眺めていた。穏やかで波もない水彩画でよく見るような静かな海。湘南の海みたいに眩（まぶ）しいほどの明るさはないけれど、周囲に装飾された建物が少ない分、海の存在感が際立っているように感じられた。

暫（しばら）くしても答えが返ってこない助手席の様子を気にかけつつ、車は追い越し車線へと移った。運転席側の少し開いた窓から微（かす）かに磯の香りが漂ってくる。

「この先、福島の海になるんだけれど、親潮と黒潮がちょうど出会う場所なんだよ」

「親潮と黒潮？」

里実は、よくわからないというふうに頭(かぶり)を振った。

「海の水は、ひとところに留まっているのではなく、絶えず動いているんだ。日本近海の太平洋側は北太平洋やオホーツク海から流れてくる冷たい千島海流（親潮）と、フィリピンや台湾の東から北上してくる暖かい日本海流（黒潮）がぶつかるのだけれど、その潮目がちょうど福島あたりの海ってこと。だから潮目の海とか、豊かな漁場であることから『宝の海』と呼ばれているんだ。昔、学校で習わなかった？」

里実は、恥ずかしそうに少し俯(うつむ)くと助手席の窓を全開にして言った。

「そうね、確かにそんなことを習ったことがあった。でも不思議ね。異なる海流同士が出会うと、どうして宝の海になるのかしら」

「懐が広いんだよ。きっと福島の海は。多様な種を受け容れ、育てることができるから、質のいい魚が獲れるんだと思うよ。まぁ、これは地元贔屓(ひいき)な僕の考えにすぎないのだけれど」

里実は、運転席の声に耳を傾けながら潮境が見えないかと目を凝(こ)らした。すると遠くの海面に光の筋が射し込んでキラキラと光っているのが見えた。

「あっ、見えたよ！　潮目の海」

　里実が目にしたのは、太陽が隠れた雲の切れ間から光が漏れ、それが細い柱のように海面に広がる薄明(はくめい)光線だった。

　空と海を繋(つな)ぐ白い一筋の光は、高速道路のカーブを曲がったところで見えなくなったが、残像が瞼(まぶた)の裏から消えることはなかった。

第一章　Origin

男は、曇天との境目がわからないくらい灰色をした、ゴツゴツとした岩肌を思わせる巨大な壁の前に立った。そのとき、足元から吹き上がる風がブラックジーンズのくるぶしの隙間(すきま)から入り込んだ。

「ここには、どれくらい滞在できるのでしたっけ？」

濃茶色の髪の毛が振り返り際に風のせいなのかカールのためなのかふわりと揺れた。薄いブルーがかった瞳の見つめる先は、通訳の背後にある無数に連なるタンクを捉えている。

「十五分間、最大で十五分しかいられないと思ってください」

通訳者は、急(せ)かすつもりはなかったのだが、どうにも最後の語気が強まってしまったことを自覚したのか、薄く下唇を噛むようにして壁の向こうに目をやった。水素爆発の威力を未だ感じさせる建屋の上部が、今にも泣きだしそうな空のもと武骨な姿をさらしている。通訳者は、長い黒髪を片手で押さえながら少し遅れて隣に立った女に同意を求めるように小声で訊いた。

「ねぇ、本当にあの人たち、十五分間は高台にいるんだよね？」

女は静かに軽く首を前に傾けた。そして、すでに作業を開始した男の広い背中を隠すように一歩前へ足を踏み出した。通訳者もそれに倣い、女の横に並んだ。遠くで人の話す声が、風に乗って一瞬耳に届く。歪んだレコードに針を置いたときみたいに、すごく近くで聞こえたかと思うと、もう次の瞬間には聞き取れない。代わりに、壁の向こう側にある海のほうから、喉を締め付けられたときのような太くて甲高い声でカモメが鳴いた。

指紋や爪の隙間に何度洗い流しても消えないインクの滲み込んだ男の大きな手は、灰色の壁に覆いかぶさるようにして型紙らしきものの位置を固定しようとしていた。型紙の上部が風によって浮き上がったのを見て、思わず壁に手を伸ばしかけた女に対して一言、

「Ｂａｃｋ ｏｆｆ！（後ろに下がれ！）」
と言い捨てると、女と通訳に後ろを向いているように指示した。それは先ほど時間を尋ねたときとは違う、アーティストとしての横顔だった。

北大西洋に繋がる海峡沿いのイギリスの町には、世界最古の吊り橋があった。長さ約四〇〇メートル、高さは約八〇メートル、幅は約一〇メートルで車専用の道路と歩行者専用の通路があった。橋桁は切り崩した崖の上に建ち、通路を通るときには、川から吹き上がってくる風を感じながら歩いた。錬鉄(れんてつ)製の鎖(くさり)で吊るされた橋は、足元のグレーチングによる踏み板まですべて鈍い灰色で、どことなくこの場所と似ている気がした。高校に入学する前まで、吊り橋は子供たちの遊び場だった。走ったり、度胸試しをしたり、落書きをしたり。そうだ、スプレーで橋の入口にあるレンガの壁一面にネズミが猫を追いかける絵を描いて先生にあとからこっぴどく叱られたこともあった。落書きは素行の悪い子がする遊びだって。サマースクールでナショナル・ギャラリーにも行ったのにアートの素晴らしさを学ぶことなく、警察に厄介(やっかい)になるなんて恥を知りなさいと。

でも、本当に先生の言うことは正しかったのだろうか。大人の言うことにだけ従っていたら、中学を退学することもなかったというのか。グラフィティライターを目指すことも、そして、ここ福島の事故で廃炉が決まった福島第一原子力発電所に来ることもなかったというのか。

男は、胸元のポケットから黒と赤の油性マーカーを取りだすとキャップを思い切り捻った。その拍子に赤いインクが左手中指の腹を触った。血が噴き出したかのような赤色の指先を見つめながら、昨夜の東京での会話を思い出していた。

福島は今、どんな様子かと東京在住だというレセプション主催者側の関係者に尋ねたところ、返ってきた言葉に飲みかけの赤ワインを零しそうになった。

「正直なところ、東京にいるとよくわからないのですよ。福島に限らず、地方のことは。ニュースも情報が多くなるのは、首相が、大臣が訪問したとか毎年の三月十一日前後だけで」

自身の関心のなさをまるでメディアのせいにするかのごとくの回答に苛立ちを押さえられず、賑やかな席を離れた。

終わった地なのか。始まりの地なのか。

それさえも、この国の中心にいる人たちには関係がないというのか。　男は、窓の外に見える東京タワーの仄暗い朱色のネオンを見つめながら呟いた。

「俺は、始まらせてやる。絶対」

*

日本に四季があるというのは、それだけで幸せなことだということを、だいぶ大人になってから里実は知った。だいぶ大人というのは、二十歳そこそこではなく、その倍くらい経ってからの人を指すのだと教えてくれたのは、友人であり、アートキュレーターとして世界を飛び回っていた美波だ。学生時代から語学が堪能なのを活かし、日本各地のトリエンナーレやビエンナーレといった芸術祭で外国から訪れた観光客に対する通訳のボランティアを買って出ていた。

里実は、そんな活動的な友人とは対照的に、国内で短期間の里山ツーリズムに参加したり、陶器市や地方のお祭りに出掛けるくらいで、大学卒業後は自然と美波との交流も途絶えがちとなった。

それが、あの日から一週間後にかかってきた一本の電話によって、互いの空白時間を埋めるかのように一ピースずつ過去の出来事を伝え合うようになったのだった。

二〇一一年三月一八日

「もしもし、里実？」

時刻は二十一時を少し過ぎた頃だった。知らない電話番号からの着信だったが、最近の状況から親や兄弟のみならず、知人や仕事先からも電話が入ったため、気づけば二コールで通話ボタンを押していた。

「はい、鈴木ですが」

携帯電話を急いで耳にあてた女の名前は、鈴木里実と言った。

「あっ、そうか。相沢(あいざわ)じゃないってことは結婚したんだっけ。おめでとう」

電話の主は名を名乗らず、ひたすら里実と家族の安否を確かめると安心しきった声で最後にこう言って電話を切った。

「毎日、福島の事故のことばっかり報道されているから、里実のことが心配で、大学時代のいろんな友だちに連絡先を確認して、やっと今日わかってかけてみたの。元気そうで良かった。また連絡するね」

長年音沙汰のなかったことを微塵も感じさせない屈託のない声の主が美波だったということに、電話が切れた直後に気づいた。

里実は静寂に包まれたオフィスを見渡すと、小さな声で「元気なわけないよ」と独りごちながら、机上の蛍光灯の灯りを手元に寄せてパソコンに向かった。炊きだしの片づけを終えたばかりの後輩が、もともとラクダ色をしていたからなのか、この一週間で汚れがついたのかわからない薄茶色の毛布にくるまって床の上で休んでいる。あと一時間残業したら家に帰ろう。十年以上ぶりに連絡のあった友人のことをのぶさんに話そう。

近くでサイレンが鳴り響いている。消防車だろうか、救急車だろうか、そう思いながら、窓の外の街路樹の横から一般道に出ていこうとする赤色灯を見てハッとした。それは会社の緊急車両だった。里実の脳裏に一週間前の光景が再び蘇った。

二〇一一年三月一一日

「緊急津波警報が発令されました。走行中の車両は直ちに最寄りのインターから降りて待避してください。繰り返します。緊急津波警報が発令されました……」

箱根に向かう湘南バイパスをひたすら走っている途中だった。

金曜日の日中ということもあり、時折、大型観光バスとすれ違う程度で道路は比較的空いていた。

スピードを上げながら海沿いを気持ちよく走っていたとき、ハンドルを突然ぐいと地面に引っ張られた。

風を切りながら走るにはふさわしいアップテンポなナンバーを隣で口ずさんでいた夫の信博(のぶひろ)は「うぉっ」と一瞬大きく音程を外したがすぐに持ち直して言った。

「あれ、今なんか踏んだんじゃないかな」

「ちょっと、そんなんじゃないよ。今、地面が歪んだのが見えたよ」

「まさか、地震?」

二人が顔を見合わせたとき、左手に見える青い海は、その前と変わらず凪(な)いでいるように見えた。

「急ごう。ここまで来たら、とりあえず宿にはたどり着かないと」

アクセルを強く踏み込んで右にウインカーを出した。

結婚十年目を祝うために久しぶりに午後から休暇を取得した二人にとって、せっかくの記念日にツイテナイ程度にしか思わない出来事となるはずだったが、それがすべての始まりだった。

*

「それでは、新入社員を代表して相沢さん、営業所のみなさんに向けて一言ご挨拶して」

一九九七年四月二十一日、里実は関東電力の横浜営業所に新入社員として配属された。日焼けした肌に目尻の皺(しわ)がより深く刻まれた技術系出身の所長は、笑顔で振り返るとマイクを手渡した。

毎月二十一日に行われる全体朝礼には、所員二百名ほどが中庭に集合し、所長挨拶を聞いてから、安全呼称を行い、駐車場脇にひっそりと佇(たたず)むお社(やしろ)に参拝を行うことが通例となっている。

紺色の作業着に身を包んだ集団から視線を一点に浴びているような気がしたのは、自分がこの場にそぐわないレモンイエローの色のスーツを着てきたためだと思い込もうとしたが、おそらく社員の八割が男性である「営業所」という現場第一線ならではの環境がそうさせているのかもしれなかった。

「今日からお世話になります相沢里実と申します。大学の専攻は文学部仏文科で、趣味は美術館巡りと映画鑑賞です。横浜には美術館も映画館もたくさんあるので、所属が横浜営業所と辞令をいただいたときは心の中でヤッターと叫びました。いえ、仕事ももちろん頑張ります。初めての地なのでわからないことが多くみなさんにご迷惑をおかけすることもあるかと思いますが、どうかいろいろと教えてください。よろしくお願いします」

自分では少し笑いを取るつもりで話したのだったが、マイクを下ろして聞こえてきたのは、規則正しい拍手と、隣り合った人同士で何やらひそひそと囁(ささや)き合う声が漏(も)れてくるくらいだった。

「相沢、さっきの挨拶なんだよ。自分の仕事内容にまったく触れないなんて……」

朝礼が終わってから最初に声をかけてきたのは、同期の石川一哉だ。

石川は、配電保守グループという電柱に昇って作業を行ったり、停電の際にいの一番に駆けつけて復旧作業にあたる現場の超第一線といわれる部署に配属されていた。

「俺が代表挨拶していたら、もっと仕事に対する意気込みとか、体力には自信あるんで何でもやらせてください、みたいな新入社員らしい元気の良さをアピールできていたと思うんだけど」

「そんなこと言われたって、代表挨拶は相沢って、名前が五十音順で石川くんより先なんだから、仕方ないじゃない。それに……仕事内容、正直全然イメージわかないんだし。地域広報グループって何なのか、私、まだ仕事内容聞いてないんだよ」

電力会社を志望したのは、「すべての人にとってなくてはならないサービスだから」というのが一番の理由だった。

文学部で仏文学を趣味の延長のように楽しんだその先に、自身が社会で何に貢献できるのかということはまったく具体的に見えてこなかった。

バブルがはじけて日本経済が減退していた時期ということもあり、華やかでなくても良いから、安定して長く勤められる就職先を探していた。

　電気、ガス、水道、鉄道。その中でも最も誰にも意識されずに、縁の下で社会を支えている印象のあった電気を選んだ。

　最終面接で、なぜ関東電力を第一志望にしたのかという質問に対して里実は答えにもなっていないようなことを口走った。


「夜になると明かりが灯るじゃないですか。街に明かりが一斉に点く瞬間が私、好きなんです。昼間は、人々から忘れられているくらい、ごく身近にあって。でも夜、みんなが寝静まる頃になっても街を照らし、それによって安心して人々が生活を送れている。当たり前の日常ですが、その当たり前は電気があるおかげだと思っています。人が呼吸するのと同じくらい無意識に電気を使える毎日を、生活者の一人としてだけでなく、私は支える側にまわりたいと思ったのです」

　眼鏡を少しずらして、里実をもう一度見た年配の面接官は確かめるように訊いた。

「それで、あなたは関東電力で働きたいということはよくわかった。でも、これがやりたいという希望はないのだね?」

「はい、何でもやります」

同期の中でただ一人配属された先が、営業課地域広報グループだった。

主な業務内容は横浜地域における広報活動全般で、小中学生へのエネルギー講座の開催や幼稚園児向けの人形劇のサポート、地域婦人会の方を対象とした電化推進料理教室の開催、そして地元のロータリークラブ会員企業と協賛した各種イベントへの参加など多岐に渡った。

「先輩、今日の電化料理教室でつくったクッキー、よかったらどうぞ」

教室開催後、余ったお菓子を職場で残業していた先輩に配ることがあった。それを見た同期が

「里実は、エプロン姿で所内をうろうろして新人らしからぬ」

と陰口を叩(たた)いていたのも知ってはいたが、とにかく地域のあらゆる立場の人たちと交流できることは、学生時代にはない楽しさがあった。

入社二年目には、日帰りで近くの火力発電所や水力発電所を見学する『親子見学会』

を主催する役目を与えられ、春休みや夏休みなど子供たちの休暇時期に合わせて地域に暮らす有子世帯に対して発電の仕組みや節電の啓蒙活動を行った。

三年目の秋に、神奈川県教育委員会の先生方を対象に福島の原子力発電所を見学する企画を任された。

里美はグループ長の補佐という立場で、初めて泊まりがけの見学会へ随行することとなった。

「福島の原子力発電所？　そんなところにわざわざ、横浜の人、連れていくの？」

宿泊出張の準備をしていた里実に母は怪訝（けげん）そうにそう声をかけた。

「原子力に対する理解を深めるために、産業・教育界の方をお連れするの。原子力の安全利用が私たちの生活に役立っていることを正しく知ってもらうために」

「里実は、そんな難しいこと、説明できるの？」

母は、どうせ知らないだろうと言わんばかりの口調でさらに訊いた。

「私は説明しないけれど、ＰＲ館の人が見学前に説明してくれるから、大丈夫」

里美は上司に聞いたとおりの内容を告げると、足早に家を出た。

後ろから母の声が追いかけてくる。

「里実、朝寝坊なんてするんじゃないわよ。モーニングコール、頼みなさいよー」

「わかってるって！」


朝七時、観光バスは横浜駅西口の集合場所から定刻どおりに出発した。

福島までおよそ三時間強の移動である。遅くとも正午前には、いわきのホテルに到着する予定だ。午後から広野（ひろの）火力を見学して、新福島変電所を経由してホテルへ戻ってくる。そして、翌日は福島第一原子力発電所を見学して帰京する行程となっていた。

バスの車中では、エネルギーに関する世界各国の現状をまとめたビデオや学校の教材用に制作された電気が家庭に届けられるまでを説明したビデオなどを何本も流した。

バスの揺れを気にすることなく、教育委員会から参加した先生方は熱心にメモを取り、放映が終わるや否（いな）や挙手すると、次々に質問を投げかけた。

「さっき世界のエネルギー事情を紹介するコーナーがありましたけれど、エネルギー資源の可採年数については、あのグラフから石油も天然ガスも、教えている子供たちがおじいさんやおばあさんになった頃には、もう枯渇しているんだよと伝えているんですが、石炭やウランは百年以上あるわけですよね。だからといって、石炭火力は地球環境に大きく影響を及ぼす二酸化炭素を多く排出する。したがって、これから見学する原子力発電所の活用が重要になってくると、そういうわけですか？」

グループ長の勝井は、マイクの電源が入っているのを確認してから、軽くお辞儀をして中央通路の中心に立った。

「ご質問、ありがとうございます。世界のエネルギー事情を説明したうえで、お子さんたちに何を考えていただくかというのはとても重要な観点であると私たちは考えます。エネルギー資源の乏しい島国、日本ではとりわけ今後のエネルギー消費の推移と化石燃料の埋蔵量をよく見極めたうえで、長期的な視野でエネルギーのベストミックスを模索していかなければなりません。可採年数だけがクローズアップされるべきではなく、限りある資源をいかに確保して不足させることなく電力を供給し続けるかが大切です。自国でできるベストな電源構成は国が示しているとおりですので、電力会社としては、その指針に従って安定供給に努める所存です。原子力発電による発電も、その一つ。重要なベース電源であるという認識でおります」

「あのう、これから訪れる福島第一のことなのですが……」

一番前から二列目の座席で、ずっと下を向きながら資料を眺めていた参加者の一人が顔を上げて話を切り出した。

「さっきウランの説明がありましたけれども、ウラン燃料は核分裂に伴い、ものすごいエネルギーを出しますよね。なんでしたっけ、そうだ、ペレット。ウランを焼き固めたものといっていましたが、それがチェルノブイリのような事故によって、外部へ流出するようなことはないのでしょうか？」

勝井は小さく咳払いをすると、再びマイクを握った。

「ご不安はごもっともです。ただし、日本ではあのような事故はまず起きないと思ってください。原子力発電所には五重の壁というものがあります。おっしゃっていただいたペレットがまず第一の壁です。次にペレットを包む丈夫な金属の筒があります。燃料被覆管（ひふくかん）といって、これが第二の壁。その被覆管が収まった原子炉圧力容器が第三の壁。そして圧力容器を収めた原子炉格納容器が第四の壁。最後に鉄筋コンクリートで覆った原子炉建屋が第五の壁です。ぜひご覧になってください。明日は定期点検中の四号機の格納容器の真上まで行くことが可能です」

質問した参加者は、質問前とは明らかに違う、柔らかな表情を浮かべながら言った。

「そうですか。いや、そりゃあ、そうですよね。私、出身が広島でしてね。原爆と原発は違うと頭では理解していても、ＤＮＡが勝手に悪い方向に考えさせてしまうんですよ。たぶん、そうでしょう。世界唯一の被爆国ですから、だからこそ原子力の安全な利用には格段に気を配っているはずだと思いつつ、今回は自身の目で、その安全を確かめに来たんですよ。楽しみにしていきます。ありがとうございました」

翌日、富岡町のＰＲ施設でさらに詳細について説明を受けたあと、原子力発電所構内に里実は初めて足を踏み入れた。

そこは、緑が眩しいほど綺麗に植栽された工場の敷地内のようだった。

原子炉建屋の後ろに見える静かな青い海に白いカモメが弧を描きながら飛んでいく。波打ち際のテトラポットには小さな波が、乾ききったコンクリートを撫でるように時折打ち上がった。

工場なんかじゃない。この静けさ、長閑さ、そして自然の美しさ。「調和」という言葉がふと思い浮かんだ。

ここでつくられる電気が関東に送られるということが、なんだか不思議な感じがしたのはなぜだったのか。

チョコレートもティッシュペーパーも、地方でつくられて首都圏で多く消費されている。それと何ら変わらない。

ただ、コストも収益もそれら消費財とは比べものにならないくらい違う。

想像もつかないほどのエネルギーが生み出され、出された途端、瞬時にして消費される。需要と供給のバランス。使いたいときに、自由に意識せずに使える電気。

それを可能にしているのが、首都圏から二百キロ以上離れたところにある、ここ福島の原子力発電所であるという事実に対して、その後、何度訪れても感慨深く思うのだった。

＊

二〇〇二年三月十一日、里実は当時、広野火力発電所の総務に所属していた五つ年上の鈴木信博と知り合い、結婚した。二十七歳だった。

きっかけは何度か見学会開催時に顔を合わせた際、仕事以外のことも話すようになって意気投合したからなのだが、取り立てて結婚を急ぐつもりはなかった。

ましてや結婚によって、勤務先が福島になるとは考えづらかった。

結婚式は挙げても、しばらくはどちらかが異動するまで別居しようと話して難色を示していたお互いの両親を説得した。

新婚生活が各々離れた地でスタートするということを当人たち以上に親が気にしたので、仕方なく両方の親に気を遣(つか)いつつ、福島と東京との二回に分けて結婚式を行った。

福島にはなかなか打ち合わせに行くこともできなかったので、結婚式の段取りや人数、引き出物に至るまですべて義理の両親と夫となる信博に一任した。


「里実ちゃん、もう寝てる？」

信博は決まって二十二時に電話を寄越した。

「今ちょうどドラマを見終えたところ。今日もおつかれさま」

電話の向こうで煙草を吸う信博の息遣いが聞こえる。結婚したらやめると豪語していたが、今ひとつ信用ならない。

「杜(もり)のホールで行う福島での結婚式のことなんだけどさ。本当に里実ちゃんのとこ、家族しか呼ばなくていいの？」

「だって、そりゃそうでしょう。東京のホテルでは、友人や会社の人、祖父母もみんな呼びたい人は呼ぶんだもの。東京に呼んだ人を再び福島まで旅費かけて来てはもらえないでしょう?」

「だよな。うん、わかるよ」

「ごめん。でも、そっちのことには口を出さないから。どうかよろしく頼みます」

「その……頼まれたところで言いにくいんだけど」

「いいよ。お互いの両親に気を遣ってのことなんだから、何でも言ってよ」

「それが……招待者数なんだけど、二百人近くになりそうなんだ」

「えっ? 今、何て。二百人?」

「親戚とか職場とかお世話になった学校の先生とか、親の付き合いのある近所の人とか」

驚いてしばらく言葉が出なかったが、努めて明るく返した。

「まぁ、一生に一度のことだし、なにしろ祝い事だから、ね。それだけ呼べるっていうのはある意味幸せなことだよ」

「良かったぁー。里実ちゃんの家から来ていただくのは、たった五人と聞いて、とても申し訳なく思っていたところだったんだよ」

「ま、完全、相沢家はアウェーな環境となるわけだけれど、父も母も祖父母も田舎のない人たちだから、たぶん楽しみにしていると思う」

「そっか、そう言ってもらえると肩の荷が下りるなぁ」

大きく煙を吐いた信博の安堵した表情が見えるようだった。


そして迎えた富岡町の一番大きな冠婚葬祭用の施設「杜のホール」で結婚披露宴が開催された。

施設の送迎バスが何台も駅とホールとの往来を繰り返し、会場となった大ホールは、みるみる間に百八十人ほどの人数が集まって、久しぶりに顔を合わせた者同士が席に着くのを惜しむようにして賑やかに話し始めた。

「みなさま、大変お待たせいたしました。これより、鈴木家、相沢家によります結婚披露宴を執り行いますので、どうぞご着席ください」

栗色の髪をシニヨンでまとめた、艶やかな白い肌の司会者が会場内を見渡しながら優しい声で呼びかけた。

すると、それまで賑やかだった会場内がにわかに静けさを取り戻し、華やかな洋装、和装の招待客の席に急ぐ足音と布のこすれる音だけが会場に響いた。

「それでは、楢葉(ならは)町長の山本巌(いわお)様に乾杯の音頭をとっていただきたいと思います」

髪を七三にしっかりと撫でつけ、黒の紋付はかま姿に手には扇子(せんす)を持ちながら、ゆっくりと近づいてくる初老の男性が、チラリとこちらを見たとき、わずかに目が合った気がした。

「ねぇ。なんで町長がいらしてるの?」

小声で信博に尋ねた。

「言わなかったっけ。親父の親戚なの。今日は、町中のいろんな人が挨拶に来ると思うけれど、全部の質問や声掛けに答えなくていいから」

信博は軽くうなずくと、まっすぐに町長のほうに向き直った。

「えー、本日は信博くん、里実さん、そしてご両家のみなさま、誠におめでとうございます。このような祝いの席にお招きいただき、本当にうれしく思います。信博くん、いや、いつも通りの呼び名は『のぶちゃん』なので、そう呼ばせていただくことをお許しいただきたいのですが、のぶちゃんが同じ会社でお嫁さんを見つけたと聞いたとき、うれしい気持ちはもちろんあったのですが、やっぱりというか、あぁ安心したという気持ちが先に来ました。ここにお集まりいただいている方は、おそらく半分以上は関東電力さんに関係している方々だと思うので、よくその辺の事情がおわかりかと思うのですが、関東電力さんといえば、ここいらでは九十パーセントが社内結婚だというじゃないですか。えっ？　それは多すぎって、そんなことないでしょう。まぁ、今の割合は私の見ている範囲でのおおよその見立てですがね。福島は浜通りを支える大企業の関東電力さんに勤めるお二人が、なんと織姫と彦星のごとく、離れ離れで新生活を始めると聞いたときには、そりゃあ結婚の報告を聞いたとき以上に驚いたものです」

会場内にどっと笑いが起こり、乾杯前にもかかわらずビールに手を伸ばして隣の人と楽しそうに小さく乾杯するテーブルもあった。

山本町長は、それを見て満足そうに言葉を続けた。

「結婚とは家族になるということです。家族になるということは、いいですね、ともに人生を過ごすということです。里実さんのご実家のある東京では、珍しいかもしれないですが、このあたりでは三世代、いや、ときには四世代が一所に住んで暮らしている家もそう珍しくはありません。ちょっと間違わないでくださいよ。私は同居を勧めているわけじゃありませんからね。言いたいことはただ一つ。家族になったら、ともに過ごす時間を大切にしてほしいということなんです。今は、離れ離れということですが、いつだって、希望はある。諦めずに、辛いときでも乗り越えていってほしい。あとで広野火力の所長んとこ、挨拶行くから。あぁ、清ちゃん、そんな手、今、振らなくていいから。それじゃあ、若いお二人の門出を祝って乾杯しましょう」

町長はおもむろにグラスを手に取ると、高らかに頭上へ持ち上げた。

「カンパーイ！」

会場内にグラスがカチカチと重なる音がそこかしこに響いた。

そして、しばしご歓談をと司会者がアナウンスした途端、大勢の人たちが新郎新婦席の周りに集まってきた。

「信博、おめでとう」

そう言って、まだ一口しか飲んでいないグラスに表面張力すれすれにビールを注いできたのは、高校時代に一番仲の良かった小山だった。

「里実さんって、なんで福島の人と結婚しようと思ったの？」

「おい、いきなり挨拶もそこそこにそんなこと聞く奴あるかよ」

信博は、わかりやすく顔を赤らめて、親友の肘をクッと引っ張った。

「こういう質問は、答えなくていいから」

信博が早口でこちらに振り向いて言った。

「結婚式見てもわがるかと思うんだけど、こっちはいい意味でも悪い意味でも血縁が濃いから、大変よー」

小山はふざけながら、信博の肩をパンッと叩いた。

「相変わらずだな、お前って。そういえば、仕事、福島第一で今、何してんの？」

「タービン建屋の保守・メンテナンスだよ。俺は、お前と違って、わざわざ東京の大学なんかいがなくっても、さっさと地元採用枠で関東電力に就職したってわけ。四年間、得したなぁ、俺。信博は火力だろ？　これからは、ますます原子力が必要とされる時代になるよ。技術者やったら道が開げたのになぁ。信博、事務屋になっちゃったんだもん。同じ職場になることは、きっとこの先ないだろね」

小山は仕事の話を振られて、急にプライドを垣間見せると踵を返して言った。

「ほんじゃ、また今度、うぢに寄んなよ。田舎じゃ、独身だと何かと肩身が狭いんだわ、ほんと」

信博を見ると、注がれたビールを飲み干しているところだった。

小山が離れたのを見て、すぐ後ろにいた五十歳台と思われる、品の良い紺のツーピースを着た女性が卓上横の大きなフラワーアレンジメントの陰から顔を覗(のぞ)かせた。

「のぶちゃん、そんな今から一気飲みしてどうするの?」

「やっ、真紀子先生!」

信博は急に襟(えり)を正すと、その女性に会釈をして素早く紹介した。

「小学校五、六年のときの担任の先生で、母親の同僚でもあるんだ」

真紀子先生はにこにこしながら、向き直ると、

「里実さん、結婚してもご自身のお仕事、続けられることを選んだのは正解よ。だって
……」

今度は信博の顔を見ながら、

「のぶちゃんのお母さんも、結婚してからもずっと教師を続けてこられたのだもの。ふたりのお話を最初に打ち明けたのは私だったみたいなんだけど……」

ふふふ、と口元を緩めながらゆっくりと言葉を続けた。

「真紀子先生、働くって楽しいものねって。男女関係なく、働ける人が自身の仕事を誇

りに思いながら、楽しく働くことができれば、少子高齢化が進む日本の未来は明るいはずだって、そう言うのよ。息子夫婦も、せっかく長く働くことのできる職場環境にいるのだから、会社に感謝しながら、それぞれ職務を全うしなければ駄目だって。容子さんらしい喜びを抑えた表現だったなと今になって気づいたんだけど」

確かに義母の容子は感情の起伏の少ない、穏やかで、どちらかと言うと無口なタイプの女性だと里実は感じていた。

今回の結婚のことも、そして、新婚生活を別々の地でスタートすることを伝えても、

「三十を過ぎた息子の決めたことに、親があれこれ口を出すつもりはありません」

と冷静に答えていたのを思い出す。

里実が黙って話を聞いていると、信博は遮るように言った。

「そうか、うちの母は、働くのは楽しかったから、これまで働いてきたんだ。知らなかったな。うちは、じいちゃんもばあちゃんも同居でいたから、家のことは祖父母に頼めばいいと思って、気楽に仕事を続けてきただけだと思っていたよ」

「のぶちゃん、何言ってるのー。のぶちゃんが東京で高校の先生になるため、教育実習を受けていたとき、容子先生は私に言ったのよ。のぶが教師を目指してくれるのはうれ

しいけれど、なんかね、少し複雑な気持ちなのって。なんで、うれしいことじゃないって私は手を取ったんだけれど、だって、教師は大変な仕事でしょって。のぶちゃん、小さいときに容子先生のクラスの生徒の採点、手伝ったこと覚えているでしょ？　教師はどんなことも仕事となって、毎日同じように、自分のペースで働くことなんてできない。だから、テストの採点や連絡帳などは、私もよく家に持ち帰ってやったのよ。特に、私や容子先生は小学校教師でしょう。かわいい子供たちと触れ合う仕事は楽しいけれど、無事に、安全に日中の子供たちの生命を守るという責任がある」

「一方で、俺と妹の成長を見守り、育て上げるという責任もある……か」

信博は、またしても話を割ると、ひとり頷きながら真紀子先生を見上げた。

「先生、来てくれてありがとう。先生のおかげで、これから少し母親のこと、同じ働く大人として尊敬できそうだよ」

ひらひらと手を振った信博に向かって真紀子先生は苦笑しながら、

「少し、じゃないわよ。大いに尊敬しなさい。容子先生は、そんな人だから教師仲間からも信頼が厚いのよ」

真紀子先生が立ち去ってから、信博に訊いた。

「初めて聞いた。のぶさん、高校教師、目指していたんだ。意外だわ」

信博は、白いハンカチで額を拭きながら、慌ててそれを否定した。

「目指していたわけじゃないよ。教育学部だったから、カリキュラムに入っていただけ。俺自身は大学どこに行こうと、昔から関東電力に行くことを決めていたから」

「そうなの？　それはまたすごい覚悟だね。なんで、また関東電力なの？」

「それは、なんというのかな。生まれたときから、一番近くに存在を感じていた会社だったからじゃないのかな。改めて訊かれると、コレだっていう理由は出てこないんだけど……」

信博は、ステーキの皿を手元に引き寄せるとナイフを持ち直して言った。

「共存共栄、いや一蓮托生っていうのかな。この地と関東電力の関係は。何しろ自分が意識のできる年代になったときには、そうなっていたんだ。そのいい関係の中に、自分も交わりたいと思うようになった。うん、この肉、うまいよ。里実も冷めないうちに食べておきな。さっきから、人の話を聞くばかりで、全然食べてないだろ」

信博は、分厚いステーキを切り分けながら、どんどん口に運んでいく。そして、空になった皿を見つめて、

「あぁ、うまかった。この皿に残ったソース、もったいないな。パンがあればつけて残すことなく食べたいくらいだよ。うん、ステーキとこの皿見て、いま思った。皿は、福島のこの地だとする。その上に載せるのは、原子力発電所というステーキだ。どんなにうまいものでも、こうやって皿に載せてハイどうぞと出されなければ、人の口には入らない。皿とステーキがセットになって初めて人は恩恵に預かれるってわけだ。普段、そんなこと意識せずにうまい、うまいって言ってステーキを食っているやつばかりなんだけれど。俺もね」

信博がタキシードの襟元に窮屈そうに指を入れたのを見て、それを制した。

「ごめん、なんかつまらない喩えだったな。そういえば、このあと、寿司が運ばれてくるんじゃなかったっけ。さぁ、食べて、食べて」

勧められて肉にナイフを入れる。中から、ジュワッと肉汁が出てきた。

皿の上で赤ワインをベースにしたコクのあるソースと混ざる福島牛は、赤身部分がしっかりとしていて、濃厚なソースと絡んでも口の中で存在感を強く主張する。

昨年の冬に食べたすき焼きもおいしかったなと、つい半年ほど前のことがものすごく昔に感じられた。

「お肉も、電気も最高の状態で首都圏へ。人間の飽くなき欲望に乾杯！」

赤ワインの注がれたグラスを信博の方に向けて傾けた。

「これから運ばれてくる常磐（じょうばん）ものの魚にも乾杯！」

信博は、そう言うと、白ワインの入ったグラスへと口をつけた。


福島県産の食べ物について、結婚するまで意識したことがなかった。東京に長く住んでいると、果物といえば山梨だったし、米といえば新潟だった。

葉物は埼玉や千葉、神奈川など近郊三県のものがほとんどだった。

だから、信博の実家に遊びに行った際、あまりの食べ物のおいしさに驚いた。

春は自宅裏山から山菜や筍がたくさん採れて、近所に分けていることを聞かされた。

タラの芽、ふきのとう、こごみ、そして、コシアブラ。

素材に応じて揚げたり炊いたり、アク抜きの仕方もそれぞれ異なることを教わった。

秋にはゴツゴツとしたこんにゃく芋を庭先のドラム缶の中に放り入れ、ぐらぐらと茹（ゆだ）る熱湯で湯がいて、こんにゃくをつくった。そして、山から栗を拾い、栗おこわをつくり、庭にたわわに実った渋柿は、丁寧に干し柿にした。

何もかもが初めての体験で、一緒に労働をして手に入れたあとの味は、なんとも言い表しがたい幸せのおいしさがした。

「なんも、ねぇのよ。ここは。でもな、生ぎていぐうえで必要なものは十分にあんだ」

信博の祖母はよくそう言っては、歯のない口元をしわくちゃにしながら笑った。

「のぶちゃんと里実ちゃんところの電気も、うちでは使ってねぇのよ。うちは東北電力から電気を買おうてるから。ないけど、あんの。わかんねぇよな」

信博の実家が所有している裏山の頂からは、福島第一原子力発電所の排気筒が見えた。

『ないけど、あんの』という祖母の言葉を、その後、福島第一原子力発電所の見学会で訪れるたびに思い出した。

*

その年の秋、文化の日を利用して、福島の実家からほど近い県内唯一の国宝「白水(しらみず)阿弥陀堂」を訪れた。向かう車中から外を眺めると、国旗を掲揚している家が何軒か見える。

「のぶさんの家でも国民の祝日は国旗をああやって出したりした？」

運転をしていた信博は、里実が指さしたほうを見ることなく答えた。

「あぁ、掲げていたな。日の丸。ところで、日の丸の意味、里実は知ってる？」

「えっ？　意味なんてあるの？　陽出づる国だから、真ん中の赤は太陽を意味しているんじゃないの？」

「まぁ、ざっくりは合っているけれど、色の意味のことだよ」

信博は知らないだろうとでも言いたげな視線をミラー越しに送った。

「赤は……」

里実が答えに窮すのを見ると、

「赤じゃなくて、正式に言うと紅色だよ。ほら、年末の紅白歌合戦。あれって、赤白歌合戦とは言わないでしょ。紅色は博愛、活力を意味し、白は神聖、純白という意味がある。ちなみに丸い形は……」

「円満、とか団結のことでしょ？」

里実は少し知ったかぶって答えた。

「あぁ、そうだよ。なんだ、知ってるんだ。それなら僕らも円満に行きましょう」

信博は、笑顔でそう言うと、駐車場に車を停めた。

白水阿弥陀堂は、現存する平安時代の阿弥陀堂が少ない中、浄土庭園も備えた由緒ある御堂で、紅葉を見に来た観光客の賑わいとは関係なく、静謐（せいひつ）な時を刻んでいるように見えた。

阿弥陀堂の入口からは左右に遊歩道が広がり、池を周回できる造りとなっている。参道に向かうには、池に架かる朱色の太鼓橋を渡る必要があった。阿弥陀堂は池の中央に浮かぶ島に建てられており、信博は橋の中央に里実を立たせては、紅葉と御堂を背景に何枚も写真を撮った。里実は池の東側に植えられていた古代蓮の向こう岸から、こちらを眺めていた外国人観光客に目を留めると信博に話しかけた。

「のぶさん、見て。外国人観光客が訪れるくらい、このお寺有名なの？　東京からいわきなら、京都に行くのと時間が変わらないからかしら？」

信博は、濃茶色の髪をした色白で長身の男に目を移して言った。

「まぁな。京都の紅葉は十一月下旬がピークだけれど、東北は十一月初旬から紅葉を楽しめるっていうことと、車を借りれば、海や山、そして温泉まで京都に負けない愉（たの）しみ方がたくさんできる地だから実は穴場なんだよ」

里実は、黒い柿葺（ぶき）の屋根と少し色褪（あ）せた朱色の太鼓橋、そして池に放たれた鯉の群れを見ながら、古（いにしえ）の都と変わらない佇まいに心が落ち着くのを感じた。

静かに参拝を済ませると隣に立ってた信博が、

「ここは願成寺（がんじょうじ）って言ってね。平安時代末期に徳姫という女性が建立したんだそうだ」

と言うと深々と一礼をした。

「願いが成る、だなんて御利益がありそうね」

里実は、太鼓橋の欄干（らんかん）に立ち、再び池の周辺に色づいた紅葉を眺めながら言った。

すると橋の入口から、先ほどこちらを見ていた外国人がゆっくりと近づいてきた。薄いブルーがかった瞳に高い鼻立ちでイギリス人のように見えた。左手には少し大きめの画帳を抱え、右手にフェルトマーカーのようなペンを何本か握っていた。

「観光客ではなくて、絵描きか何かなのかしら」

里実はすれ違い際、面にしてあった画帳にさりげなく目をやった。

そこには朱色をしたアーチの美しい太鼓橋と蓮池が描かれていた。

「ジヴェルニーのモネの庭？」

咄嗟に呟くと、イギリス人らしい男性は一瞬驚いた顔をして里実を見たが、同行していた日本人の男性の呼びかけに応え、足早に通り過ぎて行った。

＊

「素晴らしい庭園だよ。こういう場所を日本人は『極楽浄土』と言うんだってね」

ゆるくカールのかかった濃茶色の前髪を掻き上げると、男は青空を仰ぎながら、今渡ってきたばかりの朱色の橋を見つめて言った。

「この散策路の先に紅葉のトンネルがあるんだ。そこを通ってから須賀川市にあるグラフィックアートセンターに向かおう」

案内をする日本人の男性が時計を見ながら話しかける。

「いや、ツトム。もう十分だ。紅葉は、ロンドンのパークでも見られるけれど、こういう庭園は見られない。来て良かったよ、感謝している」

男はそう言うと、先ほど描いた画帳を閉じた。

「そう言えば、さっきすれ違った女の子から、ジヴェルニーという単語が聴きとれたんだ。この赤い橋と池の構図からモネの『睡蓮』をイメージしてくれたのなら、素晴らしい感性だよ。だって、俺の頭の中では『睡蓮』を模写するつもりで描いたのだから」

それを聞いていたツトムと呼ばれた日本人男性は歩みを止めずに、

「模写ならば、わざわざ日本に来て見るまでもないだろう」

と笑いながら言うと、男から画帳を受け取った。そして、画帳の下半分を見るや否や、顔から笑みが消え、大きく目を見開いた。

男は、黙ったまま絵を見つめている日本人男性に向き合うと言った。

「リアリティだよ。一〇〇年以上前に描かれた作品をただ真似するなんて馬鹿でもできる。俺の求めているのは、現代社会への警鐘なんだ。世間が忘れかけた、いや、見向きもしない事柄への関心を呼び覚ますことが」

男は眉間(みけん)に皺を寄せると、何かを思い出したように遠くを眺めながら、ぽつぽつと語り始めた。

＊

まだ俺がグラフィティライター駆け出しの頃。駆け出しっていっても、地元ストリートの壁にタグ（グラフィティの隠語で、本名とは異なる名前のこと）を描いていたにすぎない一四、一五歳のガキの頃なんだけれど、この頃は俺以外にも、グラフィティライターがたくさんいて、街中の壁をキャンバスに見立てて、カラフルなスプレー缶で、自分がこの社会に存在する証をマーク（印づけ）していた。

日本人にグラフィティのことを説明するのに一番良い例は、米国ニューヨークの路地裏や線路脇、そしてトンネルの壁面に描かれた路上アートっていえばイメージが掴みやすいかもしれない。

おっと、落書きといわれるのは好まないので、念のためいっておくよ。公共物や私物の建物に描く行為は、当然ながら違法だ。おまわりの取り締まり対象となる。社会は俺らを何ていったか。ストリート・ギャングだ。ギャングという響きに、アドレナリンが上がったもんだ。いかにボム（「爆撃」といってグラフィティの隠語で描き残すこと）するかを仲間と競い合った。アートなんて、すかした言葉とは無縁の社会への反撃だったんだ。

なぁツトム、君を含め、育ちの良い奴らにグラフィティライターの活動の原点をどうやって伝えたらいい？

俺は一四歳のとき、同級生がスクールで大怪我をした原因者としてハメられたんだ。その後、中学を退学処分となった。日本でいうところの濡れ衣ってやつだ。俺は子供ながらに悟ったんだ。

この世は不条理だと。

頑張れば報われる？

困ったときには手を差し伸べてくれる？

平等な社会、均等な機会？

そんな言葉はクソだと身に沁みてわかった。

この不確かな、不透明な不公平な世界は、いつだって掌から真実が零れ落ち、壊され、粉々にされてしまう。

自分のことだけじゃない。社会を見渡せば、貧困や差別、戦争に人種問題。この世はちっとも歴史で習った大昔から進歩していない。グラフィティは、そんな変わらない社会への怒りや苦しみの叫びが込められているんだ。

そんな俺が、今は日本の情緒の源泉ともいえる寺で紅葉を愛で、趣きある太鼓橋をデッサンし、池の鯉に餌をやっている。

若かりし頃の俺が今の俺を見たら、きっとクレイジーだと目を丸くするだろうよ。でも、人間だから、たとえ俺でも成長はするんだ。ストリート・ギャングから、今はアート・テロリストに変貌しつつある。いや、俺が付けた呼び名じゃないよ。内なる声を発散させるだけでなく、大衆に向けた語りかけを描くようになってから、社会のほうが呼び名を変えたんだ。

俺は、最近、作品に誰が見てもわかりやすいメッセージを込めることにしている。一目見たら、思わず立ち止まって考え込んでしまうような、そして自らの胸に手を当てて自身の振る舞いを見つめなおすような、そんな絵を。

俺は、権力や常識、変わらないと思えるものを自らの手で覆したいんだ。

まぁ、所詮イリーガル（非合法）だけどね。

*

「君は、きっとこの先、世界を驚かすようなストリート・アーティストになるだろうね。

さぁ、そんな著名なアーティストの胃を満たすのにふさわしい極上の魚を食べてから移動しよう。いわき駅前にうまい寿司屋があるんだ」

日本人の男性、ツトムはそう言うと駐車場に停めていたレンタカーのスイッチを入れた。助手席に戻ってこない男を探そうとサイドミラーを見ると、御堂に向かって深々とお辞儀をしている背の高い男の長い脚が見えた。


「はいよ、握りの松、お待たせ」

いわき駅前のバスターミナルから少し奥に入った路地に知人から案内された店があった。

「このヒラメはね。今朝、四倉（よつくら）漁港で揚がった直径九〇センチもある大物をわけてもらったものなの。歯ごたえプリプリだよ」

どう見ても七〇歳は超えていると見られる大将がガラガラのかすれ声でカウンター越しからゴツゴツした指で繊細に握られた寿司を前に置いていく。

「身が透き通っている！」

男は、箸（はし）を一度掴んだが、隣に腰かけた日本人さえ箸を使わずに手づかみで食しているのをちらりと見て、すぐに手を伸ばした。

「こりゃうまい。この歯ごたえ、そして口に広がる甘味、ほどけていく米粒との相性、抜群だね」

男は、そう言うと、右手親指の腹についていたシャリの幾つかを愛おしそうに舐めた。

それを見た大将が、

「あんた、手、どうしたの？」

と掌についた赤いインクの跡を見て訊いた。日本人の男性が、

「彼は、著名なイギリスのアーティストなんです。今も白水阿弥陀堂でデッサンしてきたばかりで」

と代わりに答えた。大将はうまく聞き取れなかったのか、ふぅんと鼻を鳴らすと、

「続いて花鯛ね」

と言って次の寿司を差し出した。

「ツトム、これまた美しい色だよ。食べるのがもったいないくらいだ」

興奮した様子で男はすぐさま口に運んでいる。

それを見た大将がおかみさんに言って、熱いおしぼりを持ってこさせた。

「よぐわがんねぇけどよ、手が汚れているの見ると、気になるからコレでもいっぺん拭いでみろ」

男は受け取ると、ごしごしと熱いタオルで手を拭いた。入店時に出された紙のおしぼりとは違い、見る見る間にインクが落ちていった。

「マスター、ドウモ、アリガトウ」

男は、にっこりと微笑むと、胸ポケットに挿していたサインペンで店の箸袋にサササッと何やら描き込んでアガリを持ってきたおかみさんに手渡した。おかみさんは外国人と触れ合うことに慣れていないのか、少し戸惑うそぶりを見せながら、おずおずと受け取った。

箸袋の店名横に、「ＧＲＥＡＴ！」と書かれたプラカードを頭上に掲げた黒いネズミが描かれていた。そしてすぐ脇にはサインらしきものが書かれていた。すぐに大将の手に渡ると、

「なぁだ、うちで迷惑してるネズミが。んでも、なんだ愛嬌あるツラしてるが」

そう言ってガハハと豪快に笑った。

精算を終えて再びレンタカーに乗り込むと男が希望していた現代グラフィックアートセンターへと向かった。

車を走らせてすぐにツトムと呼ばれた日本人が男に尋ねた。

「さっきのサプライズ、驚いたよ。あの小さなネズミシリーズは、ステンシル（あらかじめ切り抜いた型紙を使い、型紙の上から塗料を吹きかけて完成させる絵の手法）だけでしか描かないのかと思っていたから」

するとと男は、

「いや、ネズミは俺の分身みたいなものだからね。フリーハンドでも勿論描けるさ。さっきマスターはネズミのことを店で迷惑している存在だと言っていたよね。ネズミは世界のどこでも嫌われ、追い回され、迫害を受けていると改めて知ったよ。奴らはそんな絶望の世界で粛々と生きている。逞しいじゃないか。人間は奴らのことを見くびってはいけないよ。奴らはすべての文明を破壊させる力を持っているのだから。俺はいつだってマイノリティ側に立つ。社会の秩序を変容させるかもしれないネズミのようにね」

男は窓を全開にすると、濃茶色の髪を風になびかせながら口笛を吹き始めた。車は紅く色付いた山合いを抜け、ひたすら北を目指して行った。

*

二〇〇五年七月、信博が神奈川県にある川崎火力発電所に異動した。

里実と信博は、横浜駅に程近い場所にあった賃貸物件を見つけて、初めて一緒に新生活を始めた。

同じ建物に、何組か会社の先輩が住んでいたこともあり、東京から離れてもすぐに新しい生活に馴染(なじ)んだ。

特に仲良くしてくれたのが、二歳上のあかりさん夫婦だった。

旦那さんは、鶴見支社で技術サービスグループという屋内配線の点検作業やアンペアブレーカーの取り替えなど、生活者の電気に関する困り事の相談に乗る仕事に就いていた。

あかりさんは、料金計算グループで主に大きな企業や工場の個別の契約に関して、電気料金がきちんと算出されているかを確認する仕事をしていた。

里実と信博が越してきたときには、あかりさんがちょうど産休に入るところで、子供のいない里実は何か手伝えないかと、頻繁（ひんぱん）にあかりさんのお宅にお邪魔しては、用を買って出ていた。

「里実ちゃん、うちの分までお買い物してくれて、いつもありがとう」

あかりさんは、淡いグリーンのゆるやかなワンピース姿で出迎えてくれた。

「今日も暑かったですね。あかりさん、体調はいかが？」

荷物を玄関先に並べながら、あかりさんの最近特に大きくなってきたお腹を眺めた。

「このとおり元気、元気。一日中エアコンかけて快適に過ごさせてもらっているから。それより、今日あたり、最大、出たんじゃないの？」

あかりさんは少し首をかしげながら、里実の言葉を待った。

あかりさんの言う『最大』とは最大電力のことで、毎年夏場や冬場の一日における電力需要のピークの電力を指す。

「さすが、あかりさん。お休み中でも、会社のことが気になるあたり、かなりの仕事中毒ですよ」

里実は、そう笑いながら、重そうに持っていた水のペットボトルを台所まで運んで行った。

「昨年の七月二十日の最大に迫るほどだったらしいですよ。今日の最大は」

それを聞いたあかりさんはお腹をやさしく撫でながら、

「需給逼迫(ひっぱく)しなけりゃいいけど。なーんて、そんなこと言いながら、私はあまり節電してないいんだけど」

小さく舌を出してから、クスッと笑った。

「信博さん、川崎火力に転勤して大変なんじゃないの。改良型のコンバインドサイクル発電で世界最高水準の熱効率を目指しているんでしょ?」

「あかりさんは、会社に行っている私なんかより、よほど詳しいんですね。私たち、家では仕事の話をしないことにしているので……。のぶさんが会社で何をしているのか、サッパリ」

肩をすくめる仕草をした私に、あかりさんはケラケラと笑いながら、

「そういう里実ちゃんだって、同期から仕事していないで遊んでいるように見えるって言われてるんでしょ?」

といたずらっぽい表情を浮かべて言った。

「そうかもしれないですね。来月は親子ふれあいコンサートの司会をやるから、ちょっと素敵なスーツでも新調しようと思っていたところ」

「ほらね。電化料理教室の講師をやったり、エネルギー講座の講師やったり、コンサートの司会やったり。ただのサラリーマンじゃないわよ、里実ちゃんの仕事ってば」

「楽しいことばかりじゃないんですよ。土日も行政のイベントに駆り出されたり、先週末だって温水器の展示販売で一日中この暑い中屋外のテントでチラシを配ったり」

口を尖らせてそう言ったところで、あかりさんからは、

「でも、ぜーんぶ楽しいですって顔に書いてあるよ。里実ちゃん、人と会って話をするのが得意だから、今の仕事、合っているんだと思う。私は苦手。電卓を叩いているほうが断然気持ちいいもの。人事って、よく社員を見ているよね」

あかりさんが淹れてくれたアイスティーの氷が溶けてグラスにあたり、涼やかな音が室内に響いた。

「あかりさん、今、人事って言ったでしょ。神奈川の社員は、関内にある神奈川支店の労務人事部がみているって聞いたことがあるんだけど、そうなんですか？」

「そうよ。神奈川支店って、関東電力の中でも『神奈川電力』って陰で呼ばれるくらい

たくさんの人を束ねている組織なの。私たちがいるのは組織改編後『支社』となったでしょう。その支社と同じような役割をしている営業センターをすべて含めると神奈川県内には十五以上の組織があるわけ。その上位組織にあたる神奈川支店は、県内すべての人の人事をみているんだから、大変よね」

あかりさんは立ち上がると冷蔵庫から梨を持ってきて、くるくると回しながら綺麗に剥いた。

「どうぞ。この梨、信博さんとこの田舎近くの大熊の梨だけれど。大きくて、みずみずしくて、それでいてとても甘くておいしいから大好き。食欲なくても、コレだけは食べられたの。箱で送ってもらっちゃって本当にありがたいわ」

「福島ってフルーツ王国なんだって私は知らなくて。結婚してからお盆に帰省すると、桃やら梨やらでんすけスイカやら、もうたくさんのフルーツが出されるの。そのどれもが大きくて、甘くておいしいんですよ。これから冬が近づくとりんごが届くんです。蜜がたっぷりの福島のりんご。出産後は栄養とビタミンの豊富なりんごはぴったりだと思いますよ。届いたら、お裾分けしますから」

里実は、自分の故郷でもあるかのように、得意げになって福島自慢をした。

「あっ、そうそう。話を戻してしまうけれど、私、次の異動希望先、人事にしようかなって思っていて」

あかりさんは目を丸くして顔を覗きこむようにして訊いた。

「えっ？　なんで、人事に行きたいの？　人が好きなのと、人を適切に評価するのは違うと思うけれど」

つい気を許して、信博にも話したことのない、異動希望の話なんてするんじゃなかったと心の中でにわかに後悔したが、あかりさんは問いかけたまま口を開かない。

「いや、聞き流してください。でも、思いつきで言ったわけではないんです。私、ずっと入社してから温めている思いがあって。ポリシーっていうのかな。言葉にすると恥ずかしいですけれど」

「なぁに？　もったいぶらずに教えて」

あかりさんが身を乗り出して顔を近づけた。

「人や組織の成長を支援するってことです。頑張っている人や会社、組織を応援したいんです。変化に直面したときに、変わらないと思っていたことが変わる瞬間が好きなんだと思います」

「よくわからないけど、それと人事にいきたいっていうのが、どう関連するの？」

あかりさんは、宙を見つめながら急にひらめいたというふうに手を打つと、

「育成ってことね。研修とか、うちの会社、ものすごく多いもんね。各種講師にお願いしているから、自分も先生になって、生徒となる社員に教えてみたい、とかそんなこと？」

里実は、やはり伝わらないなーと心の中で半ば諦めながら、

「あかりさん、私、そんなに高飛車で自身の能力を過信しているように見えますか？その逆ですよ。私、新入社員のときから今もそうかもしれないけど、仕事、わからないことばっかりで。同期でも自分と同じ仕事に就いている子がいなかったから相談もできなくて。たまに会って悩みみたいなことを相談しても、『里実ちゃんの相談って、いつも同じ業務をしている私たちには嫌みに聞こえる』と言われてしまい、本音で話すことができなかったんですよ。電化料理教室っていったって、相手は自分の母親より年上のおばちゃんたちを相手に、下手したら孫くらいにしか見えないであろう私に『先生、IHの火加減は、どれくらいにすればガスと同等なんですか？』なんて訊いてくるのですから、それは緊張と失敗の繰り返しばかりでしたよ」

あかりさんは、うん、うんと相槌を打ってくれた。

「里実ちゃんも、初めから今の里実ちゃんじゃあなかったってわけだ」

「どう見えているのか、私にはわからないですが、それでも仕事を続けていると自分にしかわからない、『今、越えた、私』っていう手ごたえを感じるときがあるじゃないですか。変わったとわかる瞬間が。私、その瞬間に多く立ち会いたいと思っているんです。自分が変わるより、人が、組織が、会社が、変わっていく瞬間に立ち会って、感動をともにできたら素敵だなって」

あかりさんは、一番大きな梨の一片に爪楊枝を刺しながら、大きく口を開いて言った。

「わかった。里実ちゃん、人事研修を志望するといいよ。さもなければ、スポーツのコーチに向いてそうだね。高校の陸上部のときに、里実ちゃんみたいなコーチがいれば、私もインターハイ出ていたかもしれない」

そして、ふふっと声にならない笑いを漏らした。

「あかりさん、以前、陸上部では万年補欠だったって、言ってたじゃないですか」

「それ、いま言うかー」

二人でアイスティーの氷が完全に溶けるまで、その後も笑いあった。

二〇〇五年八月　パレスチナ

ユダヤ教、イスラム教、キリスト教の三宗教の聖地、エルサレムに男はやってきた。世界遺産となっている旧市街は四方を一キロ弱の城壁に囲まれている。そのエルサレムから南方一〇キロ、車を走らせること一五分くらいの場所が男の目的地だった。パレスチナのヨルダン川西海岸地区にあるパレスチナ自治区とイスラエルとの分離壁だ。

二〇〇二年に「テロリストの侵入を阻止する」という目的でイスラエルが建設した分離壁は、堀と有刺鉄線、電気フェンス、そして幅六〇～一〇〇メートルの警備道路からなる部分と、高さ八メートルほどのコンクリート壁の部分の二つの部分から構成されている。

グレーのコンクリート壁に沿って歩くと、監視塔が目に入った。壁よりも高い塔の最上部には小窓が並んでいて、イスラエル軍による二十四時間監視体制が取られている。パレスチナ自治区との間に築いたこの壁は、分断の壁ともいわれ、未だ過去の対立や戦争の爪跡を残している。男は、砂埃舞う道を幹線道路に沿って歩きながら、何かを一心に考えていた。人の気配のなくなったガソリンスタンドの横壁の前に立つと急に歩みを止め、肩にかけていた薄汚いリュックからカラフルなスプレー缶を並べた。そして、コンクリート壁に向かって大胆に絵を描き始めた。

「今やパレスチナは世界で一番巨大な天井のない監獄だ。グラフィティを描くストリート・アーティストにとって描ききれないほどの壁がある」

圧倒的な武力を持つイスラエル軍の軍事占領に対して投石で抗議したパレスチナの抗議運動をモチーフに、目出し帽を被った若い男の姿が高さ七メートルの巨大な壁に突如描きだされた。

「この世に武器はいらない。必要なのは愛だ」

男はそう言うと、描かれたパレスチナ青年の右手に赤や黄色の可憐(かれん)な花を花束にして持たせた。

壁に描かれた青年が反動をつけて、今にも投げ込もうとしているものは武器でも石でもなく、花束だった。

物理的にも心理的にも高い壁ができてしまったパレスチナ自治区のベツレヘムは、キリスト生誕の地である。世界中の人々が祈りを捧(ささ)げに訪れる聖地のほど近くで、今もなお難民キャンプで暮らす厳しい生活を余儀なくされている人たちがいる。平和から程遠いパレスチナの現実に対し、多くの人に関心を持ってもらいたい。

壁に描かれた絵は、男の社会に向けた投げかけだった。

「強者と弱者の争いから手を引けば、強者の側に立つことになる。この現状を目にしたら、中立ではいられない。知らないでいること、無関心でいること、それ自体が紛争や戦争に加担しているのと同じだということを、世界中に伝えたいんだ」

男は、足元の赤茶けた土の中に半分埋もれていたコカ・コーラの瓶を引き抜くと、雑草の中で踏まれ潰(つぶ)れていた白いデイジーの花を手折って入れた。

*

二〇一〇年七月、念願かなって、里実は神奈川支店労務人事部に異動となった。

二〇〇八年に本店で一緒に新規事業の仕事をしていた上司が、神奈川支店へ異動が出た。送別会の席で里実のテーブルへと挨拶に回ってきた上司の横に、さりげなく移動すると里実は待ってましたとばかりににじり寄った。

「新規事業、毎日楽しいですけれど、やはり、本体（事業）に戻してくださいよ」

幾つもテーブルを回って乾杯を重ねてきた上司の顔は、幾分赤らんでいた。

「なんだー、鈴木、こんな場で異議申し立てかー。理由を申せよ」

里実は周囲に気づかれぬよう、手を耳元で軽く丸めてすばやくわけを話した。上司はフンフンと聞いているのかいないのかわからない返事をして一言、

「希望はずっと持ち続けろ。そして、この先、叶えられるかどうかは別として、周りに言い続けろ。俺は、覚えておくよ。それだけだ。それより、会社の中だけでなく、もっと外にも人脈を築いて今のうちにたくさん学んでおけ」

そう言い捨てると、隣のテーブルに移っていった。

それからいろいろなところで聞きかじった情報の中から興味があるものを手当たり次第、学んでみることにした。

財務、法律、心理学、データ解析、ワークショップ。

どうやら人に関することが、やはり関心が高いみたいだと自身で気づいたときに神奈川支店への辞令をもらったのだった。

久しぶりの横浜の地、そして憧れ続けてきた人事研修の仕事に胸が高鳴るのを感じた。

しかし、そんな期待を打ち砕くかのように、迎え入れた労務人事部長は、朝礼で転入者を前に、こんな挨拶をした。

「みなさん、今日から新しい仲間とともに、ここ神奈川支店をさらに活気ある組織とするために、全方位的に取り組んでいこうと思う。ただし、前のめりではいけない。労務と人事は慎重さと正確さが求められる仕事内容も多い。神奈川に在籍している五千人以上の社員からしっかり信頼を得て、事を進めるという視点も忘れないように。例えば、これから秋に向けてある階層別の研修の場合、成功するか否かは九十九％、事前準備にかかっている。名簿作成、出席確認、事前課題集約など地味な仕事ばかりだ。労務人事は裏方だ。準備さえ怠らなければ、委託先の研修会社の講師が一二〇％のパフォーマンスで成功に導いてくれる」

それを聞いて、少し拍子抜けした。

研修担当といっても、研修当日までの事務方の作業が中心なんだなと。

まぁ、これだけの人数がいるのだから、すべて自前なわけはないとは思っていたけれど、九十九％の地味な事前準備というのが、これからの主な仕事になるのかと思うと、少しモチベーションが下がるのを感じた。

そんな里実の様子を見ていたのか、新しく上司となった宮園和重は、ツツーっと近寄ってきて右手を差し出した。

「研修の仕事を昨年からやっています宮園です。肩書きとか、ここ神奈川支店は使わないから。『さん付け運動』って知ってる？　支店長でも、部長でも、僕みたいな課長と呼ばれる人でも、すべて○○さん、でいいの。あっ、でも付け加えると、僕は宮園さんって呼ばれるとキモチ悪いから、みやぞんってみんなに呼ばれてる。鈴木さんも、みやぞんでいいから」

そう早口で自己紹介を終えると、急に心配そうに見つめてきて、

「鈴木さんは、何て呼ばれているの？」

と訊いてきた。

「鈴木姓って多いから、苗字で呼ばれることは少ないですね。下の名前が里実だから、略してトミーとか、里ちゃんなどと身内や友だちからは呼ばれています」

そう答えると、みやぞんは、くりくりとした大きな目を更に大きくさせて、

「ちゃん付けは、よろしくないな。労務人事的に。トミーはすでに富永君のあだ名だし。

うーん、困ったな。それじゃ、これはどう？　サットン」

「サットン？　なんだかロボットの名前みたいじゃないですか？」

半ば呆れた口調で言ったのが伝わったのか、みやぞんは、ぶつぶつと呟いたのち、

「考えた結果、里実さんと呼ばせていただきたいと思います」

と神妙な面持ちでこちらを見た。

それがとてもおかしくて、つい、げらげらと声をあげて笑ってしまった。この人、きっと、いい人に違いない。

その第一印象は、その後、間違っていなかったと何度もこの日のシーンを思い出しながら思ったのだった。


秋は健康診断や、この年に入社した新入社員のフォローアップを目的とした後期研修がある。

今年の神奈川支店全体の採用人数は二百二十人。男性七割、女性三割といった内訳だ。

この年は、神奈川には九州など西の方からの学生が多く配属されたらしい。

それぞれ親元を離れて、単身寮に住んでいる者も多い。

したがって、定期的に「研修」という名目で、同期で集まる機会をつくってあげて、ガス抜きさせるという裏の目的があった。

「みやぞん、なんでこの島田っていう男の子、こんな短い期間で配電保守グループから設計グループの内勤に異動してるんですか？」

名簿作成とその確認作業をしていたとき、赤い斜線でグループ名が上書きされている社員を見つけた。

「あー、里実さん。それ、言っちゃ駄目よ」

みやぞんの人差し指が里実の顔の前で左右に振られる。そして、小声で顔を近づけると、

「高所恐怖症だったんだって。本人、それを黙って入社したみたい。電柱に昇る訓練を行う総合技術センターでそれが発覚して。まさかの本配属前の配置転換。配属予定先の支社のマネージャーは、もう、カンカンだったよ」

みやぞんは、人差し指をそのまま頭に二本立てた。

「でも、うちの会社の良いところは、仕事のデパートって言われるくらい、数多くの職種が一つの会社内にあるところですよね」

研修へ参加表明している二百人ほどを二〇チームに班分けする作業をしながらみやぞんを見ずに言った。

「おっ、なかなか人事採用っぽい発言、するじゃないの」

みやぞんは、構わずに平気で茶化してくる。

「定年までいたとしても、最後まで接点のない業務が山ほどあるのが電力会社ってところよ」

「接点どころか、原子力なんて、まず私はいくことはないだろうし」

「いや、どうなるかはわからないよー。だって、俺なんて火力入社だし」

思わず名簿から眼を離してみやぞんを見つめた。

「えー、意外。まったくそんなふうに見えないです」

「里実さんは、社員を見て配電屋なのか、火力屋なのか、それとも営業なのかなど判別つくのか？」

「いや、雰囲気というのかな。火力の人って、おとなしくてまじめな感じ」

みやぞんは、それを聞くや否や、

「俺は、うるさくてふざけている感じとでも言うのかー。一応、上司だぞ」

周囲がこちらを見て、くすくすと笑っている。

「ハイハイ、これからチーム編成作業に時間がかかるので、ここでお開きってことで」

里実は笑顔でみやぞんの背中を押した。

人と組織の成長を支援する。

せっかくそんな機会に恵まれそうな仕事に就いたのに、自身が初めての仕事に右往左往する日々が続いた。

研修の企画、プログラムの検討、講師の依頼、研修課題の作成、依頼と実施後アンケートの集約、分析。そして、参加者の所属上司へのフィードバックなど、一つ研修を終えるだけで、かなりの神経と労力がかかった。

また階層別の研修では、主任クラス、リーダークラス、管理職クラスなど、それぞれ一年を通して全員が受講できるように、同じ内容の研修が繰り返されたため、研修事務局としてそれらすべての研修に立ち会わなければならなかった。

半年ほど経ち、何度となく繰り返される研修内容を聞いていると、不遜（ふそん）なことに自分でも研修講師として話せそうな気がした。

あるとき、いつも説明のわかりやすくて人気のある社外講師に研修終了後、声を掛けてみた。

「研修講師って素敵なお仕事ですね。カリキュラムに沿って何度もお話すれば、きっとお話が板についていて何も見なくても、今日みたいに受講生を惹きつけてやまない説明ができるのでしょうから」

なんとも失礼とも捉えられかねない里実の問いかけに、講師は笑顔で答えた。

「ははは、そう見えるのならばありがたいですね。こう見えて私は前職がエンジニアだったもので、人前で話すのは苦手なんですよ」

立て板に水のごとく流暢に話す講師の口から「人前で話すのは苦手」だったと聞いて驚いた。

「そんな、びっくりです。大変楽しそうにウィットに富んだ笑いも織り込みながらお話されている様子から、とても苦手だったようには見えませんでした」

「技術的には話術というか、話すうえでのポイントは誰でも習得できるものなのです。ただ、私は毎回話すことが同じでも、受講者は毎回違うじゃないですか。難しいのは、生身の人を前にしていることなのです。目の前に座っているお一人おひとりの様子から、その時々に雰囲気をキャッチして、瞬時に、説明の仕方やネタを変えていく。芸人さんと同じですよ」

そう言うと、パソコンやポインターなど自身の持ち込み機材をそそくさと片付け始めた。

「ご気分を害してしまったとしたら、ごめんなさい。あのー、何度も拝聴するうちに、私もいつか研修講師を務められたらいいなと思ったものですから」

延長コードを丸めるなど、邪魔にならないよう講師の片付けを手伝いながら、慌てて付け加えた。

「研修講師としての心得を一つご紹介しましょうか」

片付けの手を止めて講師が向き直った。

「教えるという気持ちで前に立たないことです」

「えっ？　だって、教えるために研修講師として今日ここにお越しいただいたわけですよね」

訝(いぶか)るように尋ねた。

「先生は偉い、上司のほうがよく知っている、会社の言うことは正しい……。そのように教え込まれている人が大多数なんですよ、日本の大企業のビジネスパーソンというのは。そして、みなさん賢いので、言われなくても忖度したり、先回りしたりして、問題となる前に回避できる術（すべ）が身に付いている」

頷く里実を見ながら、講師はさらに言葉を続けた。

「では、もし問題が起こったら、どうするか。今まで、上の人の顔色をうかがったり、事前に十分に調査して資料を揃（そろ）えていたとしても役に立ちません。誰も答えを持っていないとき、きちんと考えて行動できる人を育てなければいけないと思いませんか」

「……そうですね。自律的かつ冷静に判断のできるように」

「鈴木さん、別に講師にならなくても知っておいたほうがよいこととは、『引き出す』ことですよ。その人の持っている力を最大限引き出すために、私は少し手を貸す程度だと思いながら、いつも前に立つんです」

「手を貸す程度……？」

里実は、自らの掌を上向きにしてじっと見つめた。

「自身でも気づいていない、未知のチカラというものを僕は信じていて、人の可能性を最大化するために、この仕事を続けている。それで伝わったでしょうか」

「あ、はい、わかりました。教えていただき本当にありがとうございました」

急に恥ずかしい気持ちになって、会場をあとにした。窓の外は夕焼けが空を赤く染め上げている。

「人の可能性を最大化する」、その言葉を口の中で何度も呟きながら、今にも落ちてきそうな太陽が沈んでいくのを静かに見守った。

第二章　Paradox

二〇一一年一月、里実は三カ月後に入社してくる新入社員研修の準備を始めていた。初めて新入社員の研修企画を担うことに、わくわくしながら、日常業務の合間に電気事業の概要を自分なりに勉強しようと試みた。『電気事業便覧』を眺めたり、過去の研修資料を調べたりするうちに、自分がいかに電気事業を理解してこなかったかを痛感した。

「ここ一〜二年くらいの大きな出来事といえば、二〇〇九年十二月の九州電力玄海原子力発電所で日本初のプルサーマルによる営業運転が開始したことと、今年度二〇一〇年五月の日本原子力研究開発機構の高速増殖原型炉もんじゅの運転再開、くらいでしょうか」

隣でパソコンのキーボードをカタカタと打っていたみやぞんがハタと手を止めて言っ

た。

「電気事業における大きな出来事といえばそのとおりだが、果たしてその意味はわかるのか？」

いやに真面目な顔をして訊いてきた。

「いや、よくわかっていません」

言葉自体は社内外のメディアによるニュースや新聞記事で知っていたが、意味はよく知らずにいた。

「なぜ『もんじゅ』が夢の原子炉といわれてきたのかは、知っているだろう？」

「資源の乏しい日本では、一度発電所で使用した燃料が新しい燃料に再加工されて再利用できることは、まるで夢のようなことだから、ですよね。えっと、その燃料は何でしたっけ」

みやぞんは、呆れた顔をして、近くにあった新聞をよこした。

「自分の会社だけでなく、業界全体にも明るくないと、新入社員に馬鹿にされるぞ」

新聞の見出しには『エネルギー基本計画「実証炉を二〇二五年頃までに、実用炉を二〇五〇年より前に導入」』と黒字に白抜きで大きく書かれていた。

「原子力発電所で使い終えた燃料から取り出したプルトニウムとウランを用いて作られた燃料をＭＯＸ（モックス）燃料というんだ。このＭＯＸ燃料を高速炉と呼ばれる原子炉で燃やして発電する方法を高速炉サイクルっていうんだけど、この高速炉サイクルの研究開発の中核として位置づけられているのが福井にある『もんじゅ』という高速増殖原型炉なんだよ。高速増殖炉では、炉内に燃料とは別に燃えにくい性質のウランを設置して、高速の中性子がそのウランに当たるとプルトニウムに変わる仕組みなんだ」

　ここまで一気に話したところで里実が押し黙っている様子を見たみやぞんは、ゆっくりとした口調に戻すと、

「まぁ、要するに発電しながら、使った以上のプルトニウムを生み出すということが夢みたいなんだ。ただ、夢はそう簡単に叶いやしない。運転再開後の炉内中継装置の落下トラブルが発生した。一方、高速炉サイクルのほかに、もう一つサイクルがあるのは知っているよな?」

　まるで試すような鋭い視線を浴びせて言った。

「プルサーマル発電によるサイクルだよ。九州電力の玄海原子力発電所がそうだ。もんじゅと同じように、原子力発電所で使い終えた燃料から、再処理によって分離されたプ

ルトニウムとウランを混ぜてＭＯＸ燃料に加工するところまでは同じだ。これを増殖炉ではなく、軽水炉で実際に使用することを『プルサーマル』というんだ」

里実は、説明を聞いても何が違うのかわからなかった。

「えっと、燃料は同じなんですよね。それをリサイクルするという点でも同じですね。増殖炉と軽水炉で使用することの何が違ってくるのですか」

「なんだ、里実さんは原子力発電所の見学で何度も説明を受けたのを、もう忘れたのか？」

みやぞんは伏し目がちにして訊いた。

「そりゃ、軽水炉のことは知っていますよ。原子炉にはいくつかタイプがあって、日本では米国で開発された軽水炉を採用しているのですよね。そして、軽水炉には更に二タイプあって、沸騰（ふっとう）水型炉（ＢＷＲ）、加圧水型炉（ＰＷＲ）に分類されている。うちは沸騰水型炉（ＢＷＲ）を福島と新潟の原子力発電所で採用しているんですよね」

早口で、知っていることはすべて吐き出す勢いで話した。

「教科書どおりの回答だな」

みやぞんは、右手の人差し指でトントンと机を叩きながら言った。

「何が違うのか。一言で言えば、あれだな。ポケットを叩けばビスケットはって曲、知ってるか？」

「なに言ってるんですか。もちろん知っていますよ。正しくは『ふしぎなポケット』っていう曲ですけど」

みやぞんは、少し照れて続けろと指示した。

「ポケットの中にはビスケットがひとつ。ポケットを叩くとビスケットはふたつ。もひとつ叩くビスケットはみっつ。叩いてみるたびビスケットは増える」

歌い終えると、みやぞんはまだらに拍手した。

「里実殿は、小さいときの記憶はよく覚えているようだな。感心、感心。今の歌がヒントになる。右のポケットを軽水炉、左のポケットを増殖炉と置き換えて考えてみようか。ビスケットを一口食べて、右のポケットに入れると、残りのビスケットがまた食べる前と同じ大きさになって、もう一度食べられる。軽水炉の燃料は通常ウランのみを使うのだが、プルトニウムを含むMOX燃料を軽水炉で使うので、プルサーマル発電というだけのこと。では、左のポケットに食べかけのビスケットを入れて叩くとふたつ、みっつと増えてくる。なぜか。先ほどのMOX燃料を使うことは同じだが、左のポケットには増殖させる不思議な力を備えている。入れ先が違うだけだが、叩くだけで数が増えるという魔法があるのが増殖炉というわけだ」

里実は、子供の頃に暗唱した『ふしぎなポケット』のメロディーが頭の中でぐるぐると回るのを感じた。

「でも、魔法って、現実になるんですかね?」

みやぞんは、窓の外で大きく枝を揺らしていた柳を見ながらポツリと言った。

「さあね。そう簡単なことじゃないだろうけれど、いつか希望は叶うはずだと信じるしかないだろうな」

風がやんだのか、しなっていた枝先が急にだらりと地面を指した。

新入社員研修は四月一日の入社式当日から約三週間にわたり実施される。発電所見学で一度外に出るものの、そのほとんどを同じ研修会場で過ごすことが一般的だ。神奈川支店では、一二〇人を受け入れる体制を整えていた。

「四月四日の最初のグループワークの九十分間、進め方はいかがいたしましょうか」

研修期間の三週間では、入社後の事務手続きをはじめ会社の制度説明、企業年金制度説明、服務規律、労働条件の説明、個人情報保護や企業倫理遵守の説明のほか、パソコン利用設定、パソコン研修、ビジネスマナー研修、メンタルヘルス研修と多くのプログラムが詰まっている。

その分、研修、講話、見学と社内の多くの部署からの協力を仰いでいるため、事前の調整に時間を要した。

一方で新入社員同士の横のつながりを強化するためのグループワークでは、唯一、研修事務局として、ある程度の裁量が与えられていた。

みやぞんは前年の実績表を見ながら、

「昨年は、まずは自己紹介の時間として、班分けしたグループで一人ひとりテーマに沿って話してもらうだけですぐ時間がきてしまったよ」

と言った。

なるほど、それならば、特段何か用意しておくこともあるまい。

テーマは昨年にならって、新入社員としての「私の宣言」と題し、今後の会社生活への抱負を意思表明してもらえればいいかな？　と軽く考えていた。

三月十一日、あの日を迎えるまでは――。

『東日本巨大地震　M八・八　死者・不明多数』
『浅い震源　津波巨大化　数百キロ断層動く　内陸まで未曾有の規模』
『観測史上最大　阪神の七〇〇倍エネルギー』
『続く余震　恐怖　家崩れ不安な一日』
『津波　街を直撃　家族ら気遣い、眠れぬ夜』
『原発で炉心溶融か　放射性物質を検出』
『原発二万人避難　東日本大震災　第一・第二で事態緊迫』

三月十二日の新聞および特別号外の見出しは、刻一刻と迫る東日本地方の危機を伝えていた。
湘南バイパスを走行中に地震に遭遇した里実と信博は、なんとか箱根の山奥の宿にたどり着くと不安なままそこで一夜を明かした。翌日も宿の方のご厚意に甘えて、しばらく事態の落ち着くのを待っていた。なぜなら、地震の影響で高速道路が軒並み封鎖されているとの情報が入っていたからだ。箱根の山奥ということもあり、崖崩れの心配もあった。

十五時過ぎには宿の一階のロビーに宿泊者が集まってきて、コーヒーやお茶を手にテレビに食い入るように見入っていた。携帯電話は、もともとあまり電波の良くない場所だったのか、地震影響で繋がりにくくなっているのか、誰一人として通信できた者はいなかった。

そんな中、十五時三十六分頃、テレビ画面から衝撃的な映像が飛び込んできた。

「只今、福島第一原子力発電所から白い煙のようなものが確認されました」

アナウンサーの叫ぶような声に、ロビーに集まっていた十数人が一斉に身を乗り出すのが見えた。

「まさか爆発したのか？　う、うそ、だろ……」

隣にいた信博は慌てたのか、コーヒーカップをテーブルの上に勢いよく置いた。ガチャンという大きな音に、前のソファ席に座っていた老夫婦が飛び上がった。

「す、すみません」

里実は、急いで信博のシャツの裾を引っ張ると、ともにロビーを離れた。

「どうしよう、どうなるんだろう。……っていうか、福島にいるお義母さんとお義父さん、今どうしてるかな」

会社にも福島の両親にも電話をかけてみたかったが、電波が繋がらないことから、ただ時間をやり過ごすしかできないでいた。

こんなところにいつまでもいられないと、それから間もなくして車を恐る恐る走らせた。

山道は、ところどころ隆起していて、大きな段差が目視で確認できるところは後退し、別の平坦な道を探すなど、一般道を減速して走ったため、帰宅できたのは、出発から五時間近く経った二十一時頃となった。

ちょうどその頃になって、福島にいる両親と電話が繋がった。

避難指示が出て、着の身着のまま家を飛び出し、今はいわきの公民館に祖母も含め家族三人避難しているという。

家族の無事が確認できたところで信博は会社へ電話をしたようだった。

電話を切り終えると、

「ちょっとしばらくは家に帰れなくなりそうだ」

と言うと、運転を終えたばかりの緊張感も手伝ってか、そのままリビングのソファに横たわった。

里実は、家に着くまでの移動の車中で、実家と会社に連絡をした。

なかなか繋がらず諦めかけた頃、会社から電話があった。人事チームに所属している二十六歳の若手社員、山田恵子からだった。

「何度かけても繋がらなくて本当に心配したんですよ」と言う彼女の涙ぐんだ声を聞きながら、「とりあえず今は社員の安否を確認しているだけだから、今日は休んでいてください」との労い（ねぎらい）の言葉に内心ホッとした。

実家の両親には固定電話へ電話して無事を確認していたので、気持ちは週明けに関係者へ配布する研修スケジュールが、このままでは予定どおりに送れないのではないかという心配と、今後の福島第一原子力発電所の事態が一層深刻になるのではないかという不安でいっぱいになっていた。

自宅の部屋の中は多少物が落ちていただけで、特段の被害も受けなかったことから、そんなに心配するほどではないと自身に言い聞かせながらベットに入った。

ただ時折、余震を感じて目を覚ました。

辺りは驚くほど静けさに包まれている。

目をきつく瞑(つむ)ると、あの爆発映像が蘇った。

入社して初めて配属された地域広報グループで、福島第一原子力発電所を見学した際に上司が言った言葉を思い起こした。

日本では、あのような事故は起こり得ないと。

そのとき里実は、その言葉に自信をもらったのだった。

それが今は……。裏切られたという思いが徐々に胸に迫ってくる。信じたいのに、信じられない。いったい、どうして……。

なぜ、こんなことになったのか。

どこにもぶつけられないやるせなさを抱えながら、枕に強く顔を押しつけて眠った。


「計画停電を実施するって、いったい何なんですか?」

三月十三日、出社して最初に耳に入った話は、福島事故の概要ではなく、震災で約二一〇〇万キロワット分の電源が停止し供給力不足が発生したことで、地域別に輪番で電力供給を停止するという話だった。

周囲に訊いても、福島事故の内容に詳しい者はおらず、まずは目先に迫っている、初めての計画停電に向けて準備をすることが最優先事項といった感じだった。

そして時を同じくして気象庁から発表された今回の東日本大震災の規模が、世界最大級のマグニチュード九・〇に修正されたことを知った。

福島で何が起きているかはわからなかったが、未曾有（みぞう）の大地震がもたらす影響が、首都圏にも大きく波及しそうだとの感覚を持った。

訊けば地震発生日の三月十一日は、関東電力エリアで最大停電軒数が四〇五万軒以上に及び、うち神奈川では一三〇万軒が停電したとのことだった。

しかし、神奈川では、翌日朝には県内すべての送電が完了していたため、里実たちは停電を経験せずに出社したのだった。

関東電力全エリアで見ると、三月十二日に六〇万軒まで停電軒数を減らすことができたが、依然として完全復旧には時間がかかると予想された。

そんな中での計画停電の発表である。

計画停電とは、電力需要が電力供給能力を上回ることによる大規模停電を避けるために、一定地域ごとに電力供給を順次停止、再開させることをいう。

やむを得ない緊急措置として、明日三月十四日から初の計画停電を実施することになったのだった。

「停電地域を五つのグループに分けるって資料にありますけど、どうやって分けるんですか？」

ブリーフィングを受けていた際、疑問に思い訊いてみた。

「今、配電・工務と系統運用部が送配電設備被害状況を勘案しながら、必死に考えているところだよ」

目の下にくまをつくって、本当に熊っぽくなりつつあったみやぞんがぼそりと答えた。

話が見えてきた頃にわかったことは、平日限定で十日程度を目安に約五〇〇万キロワット単位で五グループに区分した地域に、事前予告をしたうえで停電をするというものだった。

停電時間は一回三時間、朝の六時から夜の十時までを七つの時間帯に割り振って、需給状況に応じて時間帯別の実施を決定するという。

自分の住んでいる場所が、まずどのグループに所属するかを把握したうえで、実施の前日または当日に停電予定及び実施の有無が発表されるという状態に、開始当日から問い合わせが殺到した。

コールセンターの回線はパンク寸前で、支社の窓口に住民が押し寄せることも少なくなかった。停電すると事前に予告しても、なんとか調整して工面できたエリアは停電しないことも多かった。

そのうちマスコミからも計画停電の及ぼす影響が、国民生活ならびに産業活動に悪影響をもたらしているとの報道がされるようになった。

そういうニュースを見てか、同期で配電保守にいる石川一哉は里実にメールをよこした。

「電気を送ってなんぼの会社が自ら電気を止めて、停電させているっていうこの気持ち、里実、わかるかよ。設備は生きてて、送れる状態なんだ。くそっ、発電できないばっかりに、首都圏全部が停電するブラックアウトを避けるための調整だって、頭では理解しているけど、こんなこと、いつまでも我慢できねーよ」

石川が我慢できないと言ってきたのは、報道や市民の声が厳しさを増してきたというだけのことではないことを知っていた。

関東では沿岸部を中心に液状化による電柱傾斜が多かったため、三月二十五日までの間に関東電力は延べ五百人体制で、不具合箇所を点検し改修工事を行っていた。

一方で、原子力発電所や被害の大きかった茨城、千葉を中心とした他事業所への応援要請に応えられるよう、常時いつでも出発できる準備を彼ら神奈川の配電保守の人間らは怠(おこた)らなかった。

業務車両を走らすにも、ガソリンが確保できず、現地まで公共交通機関や徒歩で向かうことさえあった。

すべての者が初めての事態に困惑しながらも、ただただ電気を届けたいという一心で仕事をしていた。

たとえ、それが計画停電により中断されても、目の前の自身のすべき仕事に集中するしか、これまで感じたことがないような、この不安から逃れる術はなかった。

そんな頃、災害対策本部に詰めていた労務人事部長から呼ばれた。

「来週の入社式は予定どおり実施する。したがって、新入社員研修も四月一日からスタートするんだが、今回、被災の影響が大きかった茨城と福島採用の関東出身者については、神奈川で一部預かることとなった。増えるといっても十人程度だ。うまく神奈川組に混ぜ込んで孤立感を感じさせないように」

その話は、すでに本店の労務人事部から先に話を聞いていた。

近隣の支店で、災害復旧に未だ時間を要している支店に入社予定の新入社員が着任したところで、誰も面倒を見る余裕はなかった。

特に福島に隣接している茨城からは、多くの技術担当者が福島第一・第二原子力発電所へ応援に駆けつけているとの話もあった。

計画停電については、来週三月二十八日をもって中止する話があがっていた。

終わりが見えないように感じていた計画停電は延べ十日間続いたことになる。

いつまでも非常時でいるわけにはいかない。そんな空気が現場に漲り始めた矢先のことだ。

多少の人数変更に動じることもなく、ただ事前準備を万全にして臨みたいと思っていた研修担当の里実に、部長は最後、衝撃の言葉を放った。

「それで、こんな状況だから理解してくれるとは思うが、研修スケジュールは白紙となる」

「白紙？」

一緒に聞いていたみやぞんと声を揃えて聞き返した。

「神奈川支店も承知のとおり、社員の多くを他店や福島に派遣している。災害対策本部は四月に入っても当然現行どおりだ。営業関係は計画停電のお詫び（わ）に回り、現場を持っている支社は日常業務と平行して災害時対応の処理に追われている。要するに、研修講師を他部門には要請できない。ここは労務人事部門だけで、なんとか切り抜けるしかない。いいか、研修の工程については君たちで指揮を取れ。頼んだぞ」

部長は時計を気にすると、皺が目立った作業着を肩にかけ、災害対策室へと戻った。

みやぞんは、しばらく黙っていたが、里実の目を見つめると笑顔で声をかけた。

「なっ、そういうことだ。平成二十三年度の新入社員研修は俺らに託された。さぁ、忙しくなるぞ。早く、スケジュール、一から作り直そう」

唖然（あぜん）とする里実の肩をポンポンと叩くと、フンフンフーンと鼻歌を歌いながら席に戻っていった。里実は、その後ろ姿を追いかけるようにして座席にたどり着いたが、みやぞんは、労務人事グループマネージャーの席で何やら話し込んでいた。

研修開始まで残り一週間、実質的には営業日にして五日で、全三週間にわたる研修プログラムを再構築する必要に迫られた。

とりあえず、他部門に講師を依頼している枠をいったんすべて白紙にして、予定していた火力発電所への設備見学も消してみた。

すると、A3用紙にいっぱいに書かれていた研修カリキュラムの三分の二が白紙となった。

青ざめた顔で、自席に戻ってきたみやぞんへスカスカのカリキュラム一覧表を印刷して手渡した。

「なんだよ、里実さん、白い部分、多すぎるだろ、これじゃあ」

みやぞんは、ろくに見もしないで、そのまま突き返した。

「だ、だって。どうすんですかー。講師、誰もいないんですよ」

里実は半分泣きたい気持ちを抑えながら、むきになって言った。

「以前、君は言っていただろ。いつか私も講師ができるようになりたいって。神様はなんだって、まぁ、こんなときに、君にチャンスを与えたんだ。アーメン」

みやぞんは、胸の前で十字を切る真似をした。

「階層別研修のとき、ですよね。決まった教材があるから、あれなら私にもできるかもしれないって軽い気持ちで言ったこと、今になって反省しています」

「研修事務局として何度、今まで社外講師の話を聞いてきたんだ。里実さんは」

みやぞんは、向き直ると先ほどよこしたカリキュラム一覧を手元にたぐり寄せて頭上に掲げた。

「先生は偉い、上司のほうがよく知っている、会社の言うことは正しい……。そのように教え込まれている人が大多数だと講師は言っていたそうだな。でも、もし問題が起こったら、どうするか。誰も答えを持っていないとき、きちんと考えて行動できる人を育てなければいけないと言われたんじゃなかったのか？」

里実は押し黙った。

「決まった教材？　そんなのないんだから、自分の頭で考えるしかないだろう？　自分の考えに限界があったとしたら、俺に訊く。周りの人に助けを求める。そうするしかないんだよ。この状態では。停電は収まったけれど、俺はずっと非常時だと思ってる。いつ終わるかはわからない。そんな中だけど、うちの会社を選んで不安な気持ちで入社してくる子たちに、平常時と変わらない充実したカリキュラムを提供する。それが研修担当の使命だと思わないか？」

涙が零れそうになるのをぐっと我慢して頷くのが精一杯だった。

そうだ、自分は、これから入社してくる学生たちの可能性を最大化する手助けをするんだ。

不安や不満を期待や望みに変えられるようなプログラムを開発しよう。そう心の中で思うと、過去、自身が受講してきた研修ファイルや本店で新規事業をやっていた際に出会った社外の人から教えられて購入した幾つかの本を机のうえに並べ始めた。

隣でみやぞんは里実にだけ聞こえるような声でこう呟いた。

「ピンチはチャンス。好きなように、やってみなはれ」

『こだまでしょうか』
「遊ぼう」っていうと
「遊ぼう」っていう。
「ばか」っていうと
「ばか」っていう。
「もう遊ばない」っていうと

「遊ばない」っていう。
そうして、あとで
さみしくなって、
「ごめんね」っていうと
「ごめんね」っていう。
こだまでしょうか、
いいえ、誰でも。

三月十日が命日の童謡詩人、金子みすゞの詩がコマーシャルから一日に何度も流れるようになっていた。『やさしく話しかければ、やさしく相手も答えてくれる』というナレーションは、ささくれた心に沁みわたるように響いた。

一方で、あのコマーシャルを聞くたびに日本国民に落ち着けといわれているようで嫌だと言っている人もいると聞いた。

ACジャパンの公共CMが増えた理由は、企業CMの大幅な自粛が影響したものとあとで知ったが、里実は誰しも耳にしているこの詩をもとに、「詩のワークショップーコミュニケーションを考える」という講座をつくった。

相手を思いやる気持ち、被災された方の立場を考えること、自分の大切にしているコミュニケーション、そして今までで一番心に残った言葉の紹介をワークショップ形式で開催するというものだ。

また別のワークショップでは、新美南吉（にいみなんきち）の絵本『でんでんむしのかなしみ』を朗読後、それぞれがどんな悲しみを持っているか、自身や家族、社会という立場に立って想像してみることを試行することにした。そして、その悲しみにどう向き合っていくべきかをグループで車座になって話してもらうことを考えた。悲しみを受けとめて、前を見て進むために、私たちにいま何ができるのか。

社会に寄り添いながら、お客さまの声に耳を傾け、少しずつでも信頼をいただくために、どんなことができるのか。

そのほか、「志と絆を深める研修」という内容では、社外の研修で受講したドラッカーの『三人のレンガ積み職人の話』をベースに仕事の意義、意味をどのように考えるかによって、仕事への取り組み姿勢が異なることを説明しようと考えた。

いろいろアイデアを練るうちに、チームビルディングや意見発表会、先輩社員の経験談コーナーなど、白紙となったタイムスケジュールが次々に埋まっていった。

そして入社式前日の三月三十一日、やっと全スケジュールの枠が埋まり、必要な教材をつくり終えることができた。

完成したカリキュラム一覧をみやぞんに提出すると、どっと疲れが押し寄せた。

みやぞんは、それを受け取ると、

「お疲れさん。でも、まだ終わりじゃないぞ。これから、我々の研修を手伝ってもらうために、労務人事部の仲間たちに説明しないと」

そう言うと、おもむろに立ち上がり、大きく拍手をしだした。

パンパンパンパンパン……。

電話で話していた者、パソコンをにらんでいた者、フロアにいたすべての人がみやぞんに視線を集中させた。

みやぞんは、フロアのかろうじて空いている隙間に移動をすると、職場を見渡して言った。

「えー、みなさん。忙しいところ、すみません。ちょっと手を止めて聞いてほしいことがあります」

そう言うと、里実に向かって手招きをした。里実は足元に散乱していた非常災害用の懐中電灯や前日から会社に泊まりこんで仕事をしていた人たちがくるまって寝ていた毛布を踏まないようにして、ゆっくりとみやぞんの横まで移動した。

里実が隣に並んだところで、みやぞんは辞令を読み上げるように大きな声で、労務人事部の採用担当者を中心に十人の名前を読み上げた。

名前を呼ばれた人は、怪訝そうな顔をこちらに向けて、みやぞんの次の言葉を待っていた。

「今、名前を呼ばれた方は、明日からの新入社員研修時の指導員をやっていただきます」

フロア内の人同士が顔を見合わせているのが見えた。

「今回、新入社員を最大で百三十人受け入れることになります。一班十人強で計十二班つくることにしました。ここにいる、鈴木と宮園と名前を呼んだ十人の合計十二名が彼らの指導員となって、きちんと研修をサポートしていくのです。今、自分の名前を呼ばれたとき、○班と併せて伝えた数字を覚えていますか？」

みやぞんの早口とも言える呼びかけに、労務リーダーの茅野（かやの）が手を挙げた。

「みやぞん、俺は何班って言っていたっけ」

「カーヤ、ちゃんと聞いておけよ。お前は六班だ」

こっちも猫の手でも借りたいくらいなんだけれどと、ぶちぶち嘆いていたが、茅野はみやぞんの同期で、二人は仲が良かった。

みやぞんは再び話を続けた。

「えーっと、カーヤには、うちのミケ猫のポチの手をあとで貸すこととして、その他のみなさん、よく聞いてください」

緊張感に包まれていたフロア内に、突如クスクスッとした笑い声が起こった。

「明日からみなさんのリーダーは、指導員大番長となる鈴木里実となります」

今度は里実が思いきり驚いて「ぐぇっ」と喉の奥のほうから変な声が漏れた。

先ほどのクスクスとした笑い声が、大きな笑いの渦へと変わった。

「ここに明日からの研修スケジュールを落としたカリキュラムがあります。これとともにのちほど、大番長から指導要領をそれぞれに手渡しします。その指令に従って指導員のみなさんは行動してください。くれぐれも自分の班から不祥事を出さないように。彼らの親になったつもりで愛情を持って接してください」

「親元を離れて、まだ数年しか経っていないんですけど……」

声がするほうに目をやると、震災当日に安否確認の電話をくれた入社四年目の山田恵子だった。まっすぐに見つめる黒い瞳は、緊張からか少し潤んでいるように見えた。

「大丈夫、山田さんの班の隣は俺だから。わからなかったら、いつでも聞いて」

みやぞんは手を振った。

そして里実を少し見ると、話をするよう促した。

「あの……、改めまして研修担当の鈴木です。今、宮園課長から突然番長のご指名をいただき、動揺しています。私からは一言だけ。みなさんのお力をどうか貸してください。この先、入社してくる子がいるのか今はわかりませんが、明日入社式に足を運んでくれる学生は将来の卵です。この状態の当社を選んで入ってくれる学生に対して失望させたくない。ともに頑張ろうと思ってもらえるようなプログラムを多数考えました。講師役は初めてなので、不安が大きいのですが、みなさんがついてくれていることを支えに頑張りたいと思います。よろしくお願いします」

言い終わると、ペコリと頭を下げた。

すると、フロア内に響くほどの拍手が湧き起こった。

労務人事グループマネージャーが、にこにこしながら近づいてきて、握手を求めてきた。

「鈴木、頼んだぞ。こんなときだからこそ人を大事にしなくてはならない。そして、その想いは、きっと彼らに届くはずだ」

握手を返しながら、「指導要領、まだつくり終えていないよ、どうしよう」と内心焦っていたところを気づかれぬように、つくり笑顔を向けた。


深夜帰宅すると、玄関のドアノブのところに、筑前煮がたっぷりと詰まったタッパーが入った紙袋がかかっていた。

それは、同じマンションに住んでいるあかりさんからの差し入れだった。

遅い時間になってしまったけれど、一言お礼のメールを送った。

すると、あかりさんからすぐに返信が返ってきた。

来月から息子の健人(たけと)くんが小学校に入学することとなるが、幼稚園で一緒だったお友だちの多くが同じ小学校へ上がるので、いじめられないか心配で眠れないという内容だった。

「だって健人くん、お友だちがたくさんいて、いつも仲良しの子たちを引き連れて、よくあかりさんのおうちにあがってくるから、困っちゃうと以前、笑って言っていたじゃないですか」

そうメールを打つと、あかりさんからのメールは意外な言葉で埋められていた。

「イジメ？」

思わず声に出したところで、信博が帰宅した。

「お帰りなさい。今週もなんとか終わったねー」

そう言葉をかけると、信博は疲れた声で、

「俺、来月あたり、広野火力に行くかもしんないわ」

と言った。

理由を尋ねると、津波被害の影響で構内は瓦礫（がれき）の山で、とても執務ができる環境にないのだという。構内のことをよく知っている一般事務の者を集めて、流れてきた自動車の撤去やテトラポットなどを片付ける人員を募集していた。

震災前に勤務していたことのある信博は、進んで手を挙げたとのことだった。

「えっ。だって、あのあたり、まだ線量が高いんじゃないの？　瓦礫だって、どんなものがあるかもわからないし」

　そう言うと、その先は聞きたくないとでも言うかのように首を振って信博が話を遮った。

「そうだね。わからない。危険なこともあるかもしれない。でも、福島のために何かできないかという思いのほうが強いんだ。福島第一・第二は、今もっと危険で、それこそ余震の続く中、常に死と隣り合わせで作業をしている人もいるはずだ。そのことを考えると……。行かないという選択肢は、僕にはない」

　そっか、お腹減ったねと返すと、キッチンに入った。

　信博は今、どんな気持ちでいるんだろう。

　自分の故郷が、自分の会社によって憂き目にあっているということに。

　そして、被災した義理の両親のことを思った。

　明日には、また県内別の避難先となっている小学校へ移動すると連絡が入っていた。

『被災、避難』と検索エンジンに入力しようとして、『被災、非難』と誤変換してしまった。

　それを見て、先ほどあかりさんから届いたメールにあった『イジメ』という単語を思い出した。

　里実は、味噌汁をよそると、深夜番組を見ていた信博に声をかけた。

「のぶさん、さっきね、この筑前煮、あかりさんが持ってきてくれたのでお礼のメールを出したんだけど……」

　散らかったテーブルを台布巾（ふきん）で拭きながら、筑前煮をよそった小鉢を信博の前に置いた。

「あぁ、助かるね。あかりさん、今、二人目の出産が近くなって、先月から産休入っているんだよな」

　信博は、好物の焼き鯖が出てくるのを待たずに煮物に箸をつけた。

「うん、そうなんだけど。悩んでいて眠れないみたいなの」

「何が？」

　ご飯をかきこみながら、こちらを見ずに尋ねた。

「健人くんのイジメ」

「健ちゃんが？　なんでイジメられるんだよ」

　信博は、口をもぞもぞとさせたあと、抗議の声をあげた。

「お父さんが関東電力に勤めているからって」

里実は、幾分声のトーンを小さくして答えた。

信博は、「ズズズーッ」と味噌汁をすすると、一呼吸して言った。

「そういうことね。子供の世界は、残酷だなー」

「いや、子供の世界だけでなくって、ママ友からも、なんだか避けられているみたいなんだって。お宅は、電力さんが多くお住まいのマンションだから、計画停電、避けられたんでしょ？　って」

「そんなバカな。ここの一帯は、近くの市民病院に送っている送電線と同じ線を使っているから、たまたま救済されていたエリアだというのに」

信博は、箸を持ち換えると、皿のふちをイライラしながら叩いた。

「ちょっと行儀悪いよ。脂ののった鯖、あげないから」

そういって、信博の前に、少し焦げた焼き鯖を置いた。

震災前、幼稚園で描いた絵だと言って、あかりさんがうれしそうに見せてくれた健人くんの家族の絵を思い出していた。

その絵には中央に健人くんのお父さんが描かれていて、手には工具らしきものを持ち、頭にはヘッドライトが眩しく光るヘルメットを被って、青いユニフォームには関東電力のマークが入っていた。

きっと、お父さんの職業をみんなの前で話したことがあったのかもしれない。そんなことが容易に推察できた。

里実は、味噌汁が冷めるまであかりさんへの返信を考えていたが、その日のうちにメールを返すことはついにできなかった。

もし、うちにも子供がいたら、同じ不安を抱いたに違いなかった。

そして、同時にイジメを回避するという方法は、父親がその職業を手放さない限り、なくならならないような気がした。

実際、その年のうちに、何人かの知り合いの社員が、

「将来、子供に胸が張れるように」

といった理由で転職していった。

新入社員を受け入れつつ、その陰で退職希望者の事務手続きを行うという光と影が労務人事部で並行して行われていた。

四月一日、恐れていた入社辞退は一名だけで、無事に入社式が行われた。

しかも、聞けば、辞退した学生自身はいきたかったのだが、どうしても親に反対されて公務員試験を受けることにしたのだという、とても真摯な回答だったので、我々としても彼の今後の人生を応援したのだった。

また、その他大勢の新入社員の表情も、みんな一様に晴れ晴れとしていた。

ここに来るまでの間に、学校の先生や親や親戚などから、さんざん忠告を受けた者もいたのかもしれなかったが、若さゆえのエネルギーなのか、百人以上が押し詰めで入った講堂は熱気で溢れていた。

会場の様子を伝えられて、少し胸を撫で下ろしながら、午後からの研修準備のため、別館建物へと一人移動した。

今回、神奈川支店での研修は、窓の一つもない別館と呼ばれている建物で行うこととなった。

別館には、五十人程度を収容できる会議室が二つと、その半分の二十五人程度が入る会議室が二つあった。

　また、五十人用の大会議室二つと、半分の小会議室一つ、計三つの会議室のパーテーションを外して一つの会場にすることが可能だった。

　初日となる四月一日は、大会議室二つと小会議室一つを繋げた大部屋で、オリエンテーションをすることとしていた。

　オリエンテーションでは、研修概要や会場説明、注意事項のほか、ここに来るまでの通勤交通費の手続きや給与体系や服務取り扱いについて説明する。

　スケジュールがタイトになっている分、新入社員たちに集中して、それぞれの手続きを覚えてもらったり、操作してもらう必要があった。

　入社式の行われた本館の講堂からは、エレベーターを使って何回かにわたって移動してもらうだけでなく、本館から別館に移る際には、渡り廊下を通ってもらわなければ研修会場に到着できなかった。

　百人を超える大集団をスムーズに動かすうえで有効な策が、一班から十二班までの班分けだった。

　そして、各班には、労務人事部の計十二名が指導員というバッチをつけて誘導にあたった。

　里実は一班、みやぞんは二班を担当した。

　里実は、司会進行や研修講師を多くやることになっていたので、おのずと自分の班への目配せが薄くなる。

　それを心配したみやぞんが里実の隣の班の指導員をやりながら、同時に里実の班も気にしてくれるということになった。

　一番指導員としては若い山田恵子は三班の指導員に就いた。

　入社式終了後に配布した勤務証と社章をそれぞれ早速「紛失しました」と言ってくる子もいた。

　結局、かばんの底にあったり、配布された書類の間に挟まれていたりで大事には至らなかったが、学生気分の抜けきれていない新入社員の言動には、十分に留意しなければならないと初日にして思い至った。

　短くも長い研修初日がまさに終わろうというとき、みやぞんは賑やかな会場を見回して新入社員に向けて声を張り上げた。

「ハイ、ハイ、ハーイ。みんな注目！」

みやぞんにマイクを手渡したが、手を顔の前で左右に振ると、そのまましゃべり始めた。

「今日は朝から緊張感いっぱいの入社式から始まり、初めての場所、初めて会う仲間と一日過ごして、とても疲れたことと思う。今日は金曜日ということで本当に良かった。みんなはこの週末にゆっくり休養を取り、また来週元気にここに集まってきてほしい。そこで、終わりがけにこんなこと言うのはしらけるかもしれないが、よく聞いてほしい」

珍しくスーツ姿のみやぞんが、かしこまって話すのを初めて見た気がした。

「今日は、入社式という君たちの門出を祝う喜ばしい日には違いないのだけれど、残念ながら関東電力は先月、東日本大震災であのような原子力災害を起こしてしまった。それによって、みなさん自身も被害を受けた人がお身内にいるかもしれないし、首都圏でも計画停電によって社会を混乱に陥れた。今日は時間の関係で、ほとんど事務手続きばかりに終始してしまったけれど、これからここで送る三週間、僕ら指導員に約束してほしいことがある」

隣に立っていた三十台前半の優男、給与担当の佐々木くんがゴクリと唾を呑み込む音が聞こえた。

「社会に迷惑をかける行為を慎んでほしい。健康に気をつけてとか気を配ってあげられる声掛けではなくて申し訳ないが、ここにいるみんなは入社前健康診断でバリバリ元気なの知っているから」

会場内から女の子数人の甲高い笑い声が届いた。

「こんなこと言いたくないんだけど、例えば、今日、この研修後、同期で飲みに行くとか、若くないから最近の遊びは知らないけど、花見と称して大勢で外で騒いで盛り上がるとか、そういうの、やめてほしい。若い君たちには、責任はないのだけれど、社会から後ろ指を指されるような行為は、絶対にしないでいただきたい。だから、今日はまっすぐ、それぞれ家に帰ってほしい。約束してくれるか」

みやぞんの問いかけに、パラパラとした返事が返ってきた。

みやぞんは伸びをするように、一度大きく手を天井にかざして、一気に振り落として再度訊いた。

「みんな、約束してくれるか?」

「ハイッ!」

百人以上の声が揃うと、まるで合唱大会の最後を唄いあげたあとのような静寂が訪れた。

「みやぞん、カッコイイ！」

佐々木くんが吐息(といき)とともに、ひとりごちた。

翌週月曜日から本格的な研修を開始した。

規律を守ってもらうために、学校と同じように、研修の最初と最後に講師に対して挨拶をすることから始めた。

里実は旧姓が相沢だったため、幼少時代から名前順に指されることがひどく嫌だった。そこで、朝の自己紹介の時間が始まる前に、自分から声をかけた。

「みなさん、おはようございます。今日から始まる、すべての研修プログラムの最初と最後に号令をかけていただきたいと思います。社会人は自主自律が大前提です。私からみなさんのうちの誰かを指すようなことはしませんので、自発的に号令をかけていただける方は挙手して名乗ってから、号令をかけてください。なお、ここには百人以上いるのですから、号令をかけられるのは一人一回のみです。より多くの方の名前と声を覚えるためにも、ぜひこの機会を有効に活用してください」

ゆっくりと会場を見渡すと、最後に一声かけた。

「それでは、号令をかけてくれる人！」

すると、一班の桐野透がサッと手を挙げて言った。

「一班、きりのとおる、号令かけます。起立、気を付け、礼」

「よろしくお願いします！」

会場から揃った声が返ってきた。

なかなかやるじゃないのと里実は心の中でガッツポーズをした。

休憩時間になって、桐野くんに声をかけた。

彼は、熊本出身で、確か神奈川県藤沢市の独身寮に入居したはずだった。体格がよく、技術職として入社したのはふさわしいと思っていた。

「さっきは、何も合図をしたわけでもないのに、すぐに号令をかけてくれてありがとうね」

桐野くんは少しびっくりした顔をして、

「いや、別にフツーっすよ。宮園さんと朝、社員通用口で一緒になって話しながら上がってきたんですけど、鈴木さん、初めて講師するから、お前は一班代表の頼れる兄さんとして、指導員かつ講師の鈴木さんを全力でサポートしてやってくれって」

そう言われ、思わず耳まで赤くなったような気がして、そそくさとその場を去った。

みやぞんが新入社員の女子集団の中で談笑しているのを見かけると、すぐに輪に割り込んで、みやぞんの腕をつついた。

「ちょっと、ちょっと鈴木さーん。邪魔しないでくださいよ。次の講座の準備は終わったんですか?」

みやぞんから『鈴木さん』と苗字で呼ばれたのが、なんだか気持ち悪く、研修控え室まで押し黙ったまま帰った。

すると、後からみやぞんがのこのこと入室してきた。

「宮園さん」

里実は改まってみやぞんを苗字で呼ぶと、みやぞんは首を亀のようにすくめて左手で首の裏を掻いた。

「何? なんかありましたか、『先生』」

今度は、みやぞんが素知らぬ感じで切り返した。

「あの、今朝、新入社員の桐野透に、私が研修講師やるの初めてだって言いましたよね」

いくらか語尾が強かったかなと自らの声を振り返って思った。

「あぁ、言った、言った。ついでに『兄ちゃん、しっかりせーよ』とも言っておいた」

みやぞんは悪びれぬ様子で答えた。

「そういうの言われると困るんですよ。新入社員の前で立つ瀬ないじゃないですか」

さっきより少し小さい声で俯きがちに言った。

「何か、俺、間違ったこと言ったか。研修講師、やるの初めてだろう？　それなのに、最初からキリリっと緊張感丸出しでみんなの前に立つんだもの。こっちがハラハラしたよ」

そう言うと、次の時間に配布する予定の資料の束を持ち、班別の人数に分け始めた。

「里実さん、カッコつけないほうがいいよ。あれだけの人だもの、俺が言わなくても早々にあの研修講師、慣れていないなって気付く人いると思う。あとからコソコソ言われるほうが絶対に嫌だと思うけどな。だから、自然体でやりなよ。失敗しても、わからなくなっても、誰もついてこなくたっていいから。真面目すぎると、三週間、持たないぞ。毎年、いろんなことがあるんだ、新入社員研修では」

みやぞんは資料を揃えると、研修会場となっている大部屋へと移動した。

研修終了まで、あと三日というところで、事件は起こった。

新入社員の中の男女七名が研修終了後にボーリング場で遊んだときの様子を、そのうちの一人がＳＮＳに掲載して炎上したという話だった。

聞けば、遊んだあとの笑顔とともに「関東電力は頑張っている」と書き込んだコメントが原因のようだった。

その話が飛び込んできたのは、慣れないビジネスマナー講習の講師を二日連続でやって、もう明日はたぶん声が出ないなと思った、その日、最終の講義の時間だった。

例年使用しているテキストを基にコミュニケーションインストラクターの先輩に指導を仰ぎながら、なんとか最終ページまで説明を終え、残りの時間で新入社員に感想文を書いてもらっていた。

ペンが紙にこすれる音しかしない大部屋に、八班の指導員の佐々木くんがスマートフォンを片手に入ってきた。

入り口のそばに立っていたみやぞんに耳打ちをすると、手に握ったスマートフォンの画面を見せていた。みやぞんは少し間をあけると、私のそばに音もなく立った。

入り口を見ると、いつの間に三班指導員の山田恵子も立って、会場内を険しい表情で見回していた。

「事件だ、自分から話すか？」

みやぞんは手短に事件の概要を説明すると、里実に尋ねた。

二日間、くたくたになりながら実演したり、ワークショップを取り入れたりして、手を変え、品を変え、ビジネスの基本を教えていた研修講師としての里実を気遣っての配慮だということがわかった。

里実は、感想文を書き終えた人が開放感から隣の人とおしゃべりを始めた会場を見渡して言った。

「まだ書いている人は続けて。書き終えた人は、こちらに注目してください」

里実は、抑揚を控えめに淡々と話し始めた。

「あと三日で、この研修が終わり、みなさんは正式に本配属の辞令をもらうことになるのですが、ここにきて大変残念なお知らせがあります」

伏し目がちに一瞬沈黙したあと、今回の事件内容について名前を伏せて伝えた。

「研修初日に宮園課長が言った言葉、覚えていますか。社会に迷惑をかけるような行為を慎んでほしいと。みなさんには申し訳ないけれど、これだけ社会に大きな影響を与えてしまったうえに、社会のみなさんの信頼を失う行為は、これ以上あってはならないのです。

二週間以上、ここで会社生活をともにし、チームワークも良く、いろいろな班の人たちと親交が深まったことは指導員としてうれしく思いますが、いくらプライベートの投稿であっても、そこに社名が書かれていたり、あなたたち自身が、この会社の社員であることを明かすようなことはみなさんのためにも良くないことだと思います」

ここまで話し終えて、自分の言葉なのに、違和感を感じ始めていた。

何を伝えたかったんだっけ、私。

この会社の社員であることを他者に話すなって、それって。

あかりさんのメールが頭から離れていないのかもしれない。

イジメ、炎上……。

里実が口をつぐんでしまうと、急に山田恵子がこちらに向かって来て、前に立った。

「鈴木さん、そんなんじゃ、何も伝わらないですよ！」

そういうと、興奮を抑えきれないといった様子で大きな声で話し始めた。

会場は、突然の山田の登場に何事かとざわめいた。

「ちょっと、はっきり言わせてもらうけれど、意識が甘いんだよ。みんな。私たち、今まで、どんな気持ちでこの一カ月を過ごしてきたか……。首都圏だけしか知らないとね、余震も少なく、小さくなってきたし、インフラも通常どおりに戻りつつあって、毎日の『当たり前』が普通になってきている。でもね、ここまでの研修でも新聞をはじめメディアの情報もしっかり触れてきたからわかるでしょ？　終わってないの。全然。東北は、そして福島は、まだ何も終わってないんだから」

そう堰を切ったように言うと、涙を見せまいと大部屋から走って出て行ってしまった。

里実は、呆然と山田の背中を見送りながら、彼女が福島県大熊町の出身だったことを思い出した。確か実家は津波で流されたと聞いた。

里実がこのあと、どう引き取ろうかと思案していると、みやぞんが口を開いた。

「この会場には、福島で採用になった者も、茨城に行く者もいる。だから、みんながみんな、認識が甘いわけではないと思う。まだ、『当たり前』だった日常が送れていない地域がたくさんあることも、頭ではわかっている。……だよな？」

　みやぞんの問いかけに、新入社員の頭が縦に動いた。

「関東電力は頑張っている。うん、そのとおりだ。懸命に一人ひとりが持ち場、持ち場で頑張っている。本館で働いている二百人以上の社員もそうだし、地域の第一線現場で電気を送っている社員もそうだ。もっというと、三万人以上の社員全員が直接的にしろ、間接的にしろ福島のために今この瞬間も頑張っている。それを、このたった二週間で肌に感じてもらえたのは良かった。ただ、君たちは、自分自身が一つのメディアであること、そしてその重みをまだ認識できていなかっただけだ」

　研修五日目に、メディアワークショップという演習を実施していた。

　里実は、みやぞんの言葉を引き継いで言った。

「『私の言葉は会社の言葉になる。それが社会人、つまり会社に所属するということです』この言葉、覚えていますか。自分で、自分のことを褒める人、自慢や自己弁護っていうのかな、そういう人のこと、どう思う？　信頼できる？」

　新入社員たちはみんな、黙って聞いていた。

「インフラで働くって本来、このような事故があってもなくても、縁の下で支えるという気持ちがなければ決して務まらないと思うの」

何も考えずに、言葉が次から次へと溢れてきた。

「頑張って『当たり前』だし、普通に電気が使えることが『当たり前』。電気が点かなくてお叱りを受けることはあっても、電気が点いていることを褒められることはない。でもね、安心して。私たちが、みんなを褒めるから。これから、たくさん仕事を覚えて、みんながもっと今より成長したら、ここにいる、いや、ここにまだいない、これから出会うだろう先輩社員たちが、きっとみんなを褒めてくれるから。よく頑張ったねって」

会場の一番奥の陰から、すすり泣く声がかすかに耳に届いた。

みやぞんは両肩をぐるりと大きく回すと、大部屋を見渡して言った。

「一緒に頑張っていこう、な。業務時間が終わったあとのことなんて、わざわざ知らせるようなマネすんな。このNSNなんてもんは、俺が入社したときはなかったから良かったんだけど……」

「SNS、です」

里実は笑いを耐えながら、小さな声で言った。

前列にいた一斑のみんなが「ナイス、ツッコミ！」とハイタッチをしているのが見える。

自然体で、自分の言葉で伝える。

研修終盤になって、やっと少し研修講師の手ごたえを感じ始めた。

頭ではなく心で理解する。

伝えるだけで満足するのではなく、伝わったかを見届ける。

「『引き出す』ことですよ。その人の持っている力を最大限引き出すために、私は少し手を貸す程度だと思いながら前に立つ」

そう教えてくれた、いつかの研修講師の言葉を思い出していた。研修を通じて、新入社員たちに教える以上に多くのことを教えられている、そんな気がした。

研修期間が終わり、新入社員がそれぞれの職場に巣立った頃、福島で避難を続けていた義母の容子から一本の電話が入った。

「里実さん、お仕事の調子はどう？　今、山形県の赤湯温泉にいるんだけれど、次の休みにでも信博と一緒に来てもらうことはできないかしら」

聞けば、祖母が避難先で体調を崩し、転院が繰り返されたあと、やっと、山形の赤湯温泉にある病院が正式に受け入れをしてくれることになったとのことだった。

「ばあちゃん、避難してから、ここに入院するまでの間の記憶がないって言うのよ。信博の顔、見たら、思い出すかしらと思って」

容子は申し訳なさそうに、そう言うと、すぐに言い改めて、

「信博には、今の話、内緒にしてね。知ったら、とても心配すると思うの。あの子、ばあちゃん子だったから」

里実は約束すると伝えて、すぐに新幹線のチケットを用意した。


翌週土曜の昼過ぎに、赤湯温泉に二人で降り立った。

昔の映画のセットのような風情のある木造の駅舎を出ると、小さな川沿いに水車が回っていた。

緑の茂る土の押し固められた道をまっすぐ進むと、こんな山奥にしては珍しい、大きな白い建造物が山の陰から顔を出した。

『清水記念病院』

祖母は、どうやってここまで運ばれてきたのだろう。

避難後から、入院できる病院を探すまでに一カ月近くかかったと義母が話していたことを思い出す。

里実と信博が仕事に夢中になっている間に、義理の両親と祖母は、生きることに夢中だったのだと思い至る。

信博は黙って、川のせせらぎに耳を澄ますと、

「こういう時間、もっと早くに持てればよかったな」

と独りごとのように言った。

教えられた祖母の病室は六人部屋で、他にも福島から避難してきた高齢のご婦人たちが同室と見えて、容子と何やら楽しそうに話をしていた。

「ばあちゃん」

扉を開けると、信博が窓際に駆け寄った。

里実は、義母に目が行ってしまい、右の窓際に座っていた祖母に最初気付かなかった。

祖母は、震災前の夏に会ったときより、だいぶ小さくなったように見えた。

「のぶちゃん、よぐ来たねー」

祖母は、信博の手を取ると、くしゃくしゃとした笑顔を見せて言った。

「フクイチは、どうなってんの？　のぶちゃん、あんた、東京さ、おるから平気だね。ばあちゃんは、どーんとフクイチが爆発したのはテレビで観たんだけど、そこから、まったくどうやってここに来だんかも、よう覚えてねんだ」

信博はそれを聞くと、

「すまんかったな。こんな縁もゆかりもないとこまで運ばれちまって」

と下唇を噛んだ。

祖母は、信博が下を向いたのを見ると、

「なぁに、のぶちゃんのせいでない。海の神、山の神、川の神、みんなが怒っちまって、こんななったんだっぺ。人間の奢(おご)りに神様が怒った、そういうこっちゃ」

と言うと、容子の淹れたお茶をおいしそうに啜(すす)った。

「人間の奢りねぇ。ずいぶんと高尚(こうしょう)なこと言うでないの、信博には」

容子は、信博を見て、祖母が信博と普通に会話ができたことがうれしいと言いながら、

「私たちだって、恩恵を受けてきたんだから奢りがあったのかもね」

と窓の外を眺めた。

容子が説明するには、福島に原子力発電所ができてから、道路が良くなったり、ホールや体育館が新設されたり、容子の勤務していた小学校にもクーラーが設置されるなど、生活や風景が一変したとのことだった。

「昔っから、近所にも原発賛成派と反対派はいてよ。いくら町が決めたからって言ってもハイそうですかとはなんねーわけ。何年も。でも、原発反対だからって、電気、使わねーやつなんておらんし。東北電力のつくる電気にも、原発は含まれでるんだから」

祖母の訛りがかった大きな声に、同室のご婦人方がこちらに視線を投げかけた。

それに気付かぬようにして、今度は容子が言葉を続けた。

「賛成でも反対でも、家の前の綺麗に舗装された道路を使って、車運転したり、トラクター乗ったりしてたの。子供たちも、綺麗な校舎で、授業を受けて大きくなったの。それを、今になって、関東電力がすべていけない、なんて私は言えない。私にもばあちゃんの言う奢りがあったんだ、きっと。そして、同じくらい関東電力も自然と科学に対しての奢りがあったのよ。この世は、人間がすべて把握できるほど小さくはない。『あるけど、ない』こういう不確かさをずーっと抱えて生活してきたんだから」

矛盾しているけれど、ひとところにともにいるということがある。

原発賛成、反対。

被災者、原子力発電所勤務者。

賠償を受けられる人、受けられない人。

避難したくない人、避難できない人。

そもそも、みんな、目指している方向は同じ。

安全に、快適に、豊かになりたい。

なのに、この矛盾。

矛盾が生じると歪みができ、そして時を経て対立構造になり、憎しみという感情が湧く。

何が分断させたのだろう。分かつことのできない大地で、揺るがない信頼の下に、自然の恵みと経済の安定の両方を求めてきたのは、福島だけではなかったはずだ。

帰りに赤湯温泉に一泊していくよう容子から勧められたが、なんとなく遠慮があって、そのまま帰路についた。

それから三カ月後、祖母が亡くなったとの知らせがあって再び赤湯温泉を訪れた。

駅舎を出ると、川沿いにコスモスが色とりどりに揺れていた。

病院の前で、川面ぎりぎりを飛んでいた赤とんぼがフッと浮上し、二人のすぐ横にあった欄干に止まった。

少しの間、その大きな目がこちらを見ていた。

信博は言った。

「ばあちゃんが、挨拶に来たな」

目頭を赤くしながら、足早に病院へと入っていく後ろ姿を、しばらく見送った。

もし事故がなかったら、楢葉町の自宅で最期を迎えていたのかなと思ってみても、言葉に出す者は誰もいなかった。

*

二〇一一年八月、イギリス北部の町トッテナムにて二十歳台の黒人男性が警察官によって射殺され、それを引き金に大きな暴動がイギリス各地で多発した。

人種問題、貧富格差など、イギリスがもともと抱えていた歪みが抗議デモへと発展し、バーミンガム、リバプール、ノッティングガム、そして全土へと拡大していった。略奪や暴力、放火や器物破損等により、経済活動が混乱するだけでなく、市民に精神的なダメージを深く与えることとなった。

「放水銃とゴム弾か。こりゃ、パレスチナの抗議行動みたいだな」

男はイースト・ロンドンの路地裏を歩きながら吐き捨てるように言った。

暴動は、男の故郷ブリストルでも起こっていた。八月六日から一週間足らずで、一六〇〇人以上が逮捕され、五名の死亡が報じられていた。

「警察は取り締まりに躍起になっているようだ。なぜ市民を守るべき立場の者が、善良な市民を傷めつける？」

色とりどりのグラフィティが生き物のように描かれているシャッター通りを過ぎた。倉庫の前には、イスラエル人とおぼしき若者がたむろしている。視線を上げると小さなモスクが見えてきた。

ロンドンを少し離れるだけで、貧困、犯罪、差別そして多文化社会への無理解、無関心という問題が渦巻いているのを肌で感じることができる。

「この世の中には、自身の力ではどうにもならない頑張りの効かないことがたくさんある」

男は、目出し帽を被り直すと、埃で灰色になった看板に書かれたアラビア文字を手でなぞりながら歩いた。路地の先には、澄んだ青空が垣間見える。

移民も、ホームレスも好きこのんでこの地にいるわけじゃない。宗教的弾圧によってやむを得ず故郷を追われた人、行き過ぎた資本主義によって貧困を余儀なくされた人、生まれつき肌の色が異なるというだけで偏見や差別を受けてきた人。誰もが、安全な場所で快適に暮らし、豊かになりたいと願っている。それは、この地の隣、ロンドン中心地のシティーに住む奴らと何ら変わらない。いろんな立場、待遇の人たちがひとところに集まっている。それがロンドンというコスモポリタンだ。

「問題は……誰が決定するかだ。例えば、この壁に描かれている絵はどうだ！」

朽ちたレンガの壁にフリーハンドで描かれたカラフルな太いアルファベットのサイン(タグ)を右手でドンと叩いた。

すれ違うヒジャブを被ったムスリムの若い女性がちらりとこちらを見て足早に通り過

ぎていった。

「これはアート作品だろうか、それともグラフィティだろうか。誰が決めるかによって、価値は変わるくらい曖昧なのものだというのか？　『落書きは犯罪』っていうけれど、実はとても上手だったり、数が多かったり、他のグラフィティより目立つことで社会を動かすほどの偉大な影響を与えられることだってあるんじゃないか？」

男の頭の中では、新たな構想が熱く、そして音を立てずに満ちてきていた。

第三章　Identity

福島にいた信博の両親は、神奈川県藤沢市の公営住宅に引っ越してきた。

２ＬＤＫの小さなアパートの一室に、位牌（いはい）と必要最低限の身の回りのものだけを持って入居してきた。

引っ越しの手伝いに行くと告げても、福島から持ち出せるものは限られているからとの理由で、丁寧に断られた。

「被災者だって、誰にも気付かれたくないの。ひっそりと誰にも迷惑かけないよう暮らしますから」

と言って、信博ともすぐに会おうとはしなかった。

本当は福島を離れたくなんてなかったと義父が零すまで、両親の気持ちを想像することは容易くはなかった。

神奈川への引っ越しは、福島の家からの完全なる撤退を意味していた。

震災直後は福島県内の避難所を転々とし、いつでも家に帰れるという気持ちで日々を送ってきたが、祖母が山形の病院に搬送されてからは、誰一人知り合いもいない山形で暮らし始め、とうとう祖母が亡くなったことから、戻れない福島の家とは決別して、息子のいる関東へ移ろうと考えたようだった。

また、そう思わせたのは、一時帰宅で家に戻った際のあまりの荒廃ぶりに、「もう、戻れない」との思いを強くしたことが引き金となったようだった。

「施錠をしっかりして出てきたはずなんだけど、どこから入ったのか、室内はぐちゃぐちゃに荒らされていてね。アレは猪の足跡なんじゃないか、と思うくらい大きな動物の泥だらけの足跡が畳の上にもいっぱいあって……」

容子は、思い出すのも嫌だとばかりに頭を振ると、

「ご先祖様に申し訳ない。本当に申し訳ない」

と言って肩を震わせた。

築二百年の実家の母屋は、代々細かな改修を行いながら、時代時代の記録を刻んできた。

元は囲炉裏のあった居間の天井の大きな梁は、長年の煙にいぶされて、ピカピカに黒光りしていた。欄間には、見たこともないような細かい彫刻が施され、躍動感のある花や蝶が年季の入った木目に描かれていた。

台所には土間があり、調理台前には裏山に向かって一面ガラス窓がはめられていた。窓を開けると、山から下りてくる冷たい風が室内を通り抜け、夏は特に気持ちが良かった。

「クーラーなんて使わないの。うちには天然のクーラーがあるから」

容子は、料理中に手を休めると、よくそんなことを言った。

居間の奥には大広間が二間続けてあって、居間からすべての襖を取り外すと、四十畳ほどの広さがあった。

昔の人は、ここで冠婚葬祭をすべて自分たちの家で執り行っていたと聞いた。

「隣組ってのがあって。ここの地では、『お互いさま』の精神で、近くの住人が助け合って暮らしているの。都会の人は『隣は誰が住む人ぞ』なんだろうけれどね」

容子は、よくお祝い返しだとかで、ご近所からお菓子とあわせてラップや布巾など生活品をいただいていたので、なんとなく関係性の濃さを理解していた。

「大きな家族、近くの親戚。実際、こっちは親兄弟の身内がそばに暮らしていることが多いんだよ」

信博は、それが小さいときは良かったものの、大きくなるに従い、煩わしさも感じるようになったと結婚前に話していた。


母屋から一段下がったところに白塗りの漆喰の蔵があった。

蔵の大黒柱には『天保三年』という年号が刻まれていた。

ところどころ漆喰土蔵の壁にひびが入っていたが、補修して立派に蔵の役目を果たしていた。

蔵の中には、自宅で採れた米や自家製味噌樽、自家製梅干樽のほか、農機具やジャガイモなどの日持ちする野菜を一時保管するための場所として使われていた。

「蔵って時代劇で見たことがあるくらいだったから、中がどんなになっているか知らなかったけれど、案外暗くもなく、温度も一定に保たれているから、食品庫として重宝するのね」

里実は、鉄製の少し錆びたかんぬきを戻しながら信博に言った。

「スーパーなんて車で暫く行かないと昔はなかったからね。肉と魚以外は自給自足。このあたりだと、だいたいの家がそんな感じだよ。ウチも専業農家ではないけれど、じいちゃんが米づくりを趣味にやっていて、ばあちゃんも家庭菜園で季節の野菜をつくっていたから、スーパーのビニールに包まれた野菜を買ったのは、東京の大学にきて一人暮らしをしたときが初めてだったよ」

「へぇー。私は逆に、食べ物はスーパーで買う以外、知らなかった。住んでいるところで、文化が違うのね」

信博はプッと噴き出すと、

「文化かー。そうだな、ここは農耕文化ってことだな」

と一人納得するかのように頷いた。

そして、「里実は驚くと思うけれど」と前置きして、

「小さい頃は、鶏を何羽か飼っていて、卵は毎朝産みたてをもらっていたんだ。手にの

せると、ほんのりまだ温かくて。人懐っこくてかわいいなぁと餌やりを楽しみにしていたら、ある日、ケージにいなくなっているわけ」

「逃げ出したの？」

信博は一瞬ニヤリとしてから、顔を覗き込むようにして言った。

「その日の夕飯は鶏鍋だった」

「ひぇー、まさか……。残酷」

里実が思わず口元に手を当てると、信博は真顔で言った。

「里実だって、唐揚げ大好きだろ？　スーパーで鶏もも肉、よく買ってくるじゃん。それと何ら変わらない。生きるって、生きていたものをいただくこと。綺麗ごとだけじゃ生きていけない。一方で、動物や生き物は大事にしなければならないと教わる。じゃあ、動物と家畜は何が違うの？　鶏を飼っていて、かわいいと思っているとき、僕にとって鶏は動物だった。でも、ばあちゃんは、鶏の首を絞めて鶏鍋をつくった。すごくおいしかった。今でも、あの味を超える鶏鍋には出会っていない。そういう矛盾を抱えながら、ひとところで共存していくんだ。人と動物と……」

「福島の浜通り地域と関東電力も？」

今度は里実が信博の目を見つめた。

「そうだな……。矛盾だらけで、とても共存だなんて今はいえない」

信博は、足元のコンクリートのひび割れたところから生えた緑色の雑草を見ながら言葉を続けた。

「でも、いつか、ともに存在を認め合える日が来ると信じてる。いや、信じ続けるだけじゃなくて、僕はそのために働くんだと思ってる」

そう言うと空を仰いだ。

「いつだって、希望を持ち続ければ、きっと」

*

「玉井くん、退職するって、知ってた？」

神奈川支店で唯一の同期、青山花恵は食堂に入ってくると里実を見つけてすぐに隣に腰掛けた。

「そうなの？　知らなかった。残念だねー。頭もいいし、性格もいいし、おまけにカッコいいし」

あまり興味のなさそうな返事をしたのがバレたのか、

「それ、順番、逆だから。里実は、結婚しているから、いい男が見えないだけだよ。それにしても、角紅商事だもんね。向こうでもエネルギー関連の業務に就くみたいよ」

二〇一二年、震災翌年までの間に若手を中心に五百人近くが退職したと聞いていた。初めのうちは裏切られたような、それでいて少し羨ましいような気持ちで退職者を見ていたが、数が増えるに従い慣れた。

新入社員研修で目をかけていた子も辞めるとの報告に来てくれたが、事情を聞くと、留めることはできなかった。

「本当は辞めたくなかったんですけれど、まだ若いから、もう一つ別の夢だった役者の道に進んでみようと思ったんです」

そう言って、目を輝かせながら去っていった者もいた。

「三十歳台後半でも、まだ若いのかな」

オムライスに入っていたグリーンピースを一粒ずつ除けて口に運んでいる青山花恵に訊いた。

「なぁに？　里実も、転職したいって言い出すんじゃないでしょうね」

スプーンを皿におもむろに置くと、上目遣いで聞き返された。

「いや、そういうわけじゃないけど、玉井くんって、うちらの一つ後輩だから、今年三十六歳だったなと思って」

慌てて玉井くんの話に戻した。青山花恵は、ケチャップを卵の表面に薄く伸ばしながら言った。

「市場価値、どれくらいあるんだろうね。私たち。年収が下がるのは当然だとは思っているし、そもそも一つの会社に十五年もいたら、他の会社でイチから覚え直すことのほうが、しんどいとは思うんだけど。ただ、私なんて独身で、それなりに将来を見通して、震災直前にワンルームに毛が生えた程度だけど、マンション買っちゃったから、そのローン返済、気になっているの」

「毛の生えているって、そんなマンション」

里実は花恵の言葉にプッと吹き出した。

「ちょっと、笑い事じゃないんだから。死活問題だよ、まったく」

ぶつぶつ言いながら、スプーンを動かす花恵を横目に、里実は聞いたばかりの市場価値という言葉の意味を考えていた。

転職サイトでは、これまでの経験や実績などから簡単に年収査定が出てくると辞める子から聞いたばかりだったが、果たして自分がこれまでやってきたことは、第三者からどう評価されるのだろうか。

震災三年目を前に、自分のこれまでの会社生活を振り返るだけでなく、客観的な評価を知りたいと思った。

これから送る二倍以上の会社人生を、本当にこの会社に捧げていいのか。

義理の両親らが避難生活を続けていることを思うと、立ち止まって冷静になる必要があると思った。

信博に相談してみよう。

伸びすぎたラーメンのスープは、いやにしょっぱく感じられた。

「で、答えは出ているんだろ。つまり、転職サイトのマッチングで、うまく相手の会社からオファーが来たら、うちの会社は辞めるってことを」

信博は、里実の話を聞き終えて暫くすると、やや声のトーンを落としつつ、ぶっきらぼうに言った。

「べ、別に、そんな転職ありきで登録するんじゃなくて、自分の市場価値を知りたいだけだから」

深刻な雰囲気を少しでも和らげようと笑顔を見せて言った。

「里実は、そんなの知ってどうすんの。ハイ、あなたは今の会社に相応ですとでも言われたいわけ？　それとも君ほどの人が、あんな事故を起こした会社に一生いるなんて、もったいない。とでも？」

最後のほうは、かなり皮肉っぽく聞こえた。

でも、言葉を返すことができない。すると、

「気が済むまで行動してみればいいさ。辞めたって僕は困らないよ。ただ、僕は辞めない、辞められない。これも、なんで？　って聞かれると、今の里実みたいに返せないんだけど。僕には責任がある。学校の先生じゃなくて、この会社を選んだんだ。まぁ、これも本当の理由かどうかは自身でもわからないんだけど。親にも、別に反対されて入ったわけじゃないし、ね」

信博は困ったときにやるいつもの仕草、首の裏を掻きながら言った。

「親は福島から逃げることになったけれど、僕は逃げない。それだけ」

心の中で、義理の両親は避難せざるを得ない場所にいたから、避難しているだけであって、それが「福島から逃げる」という意味とは違うと思ったが、故郷を去るということがどれほどのことなのか、故郷を持っていない里実には、その重みを図り知ることができなかった。


その後、しばらくして、転職サイト二社に登録を行った。

一社だけだと、大手だけだったり、職種が偏ったりしそうだったので、中心とする顧客が違いそうな二社を選んだ。

人生二度目の履歴書には、今の会社に入社した際より当然、多くの欄を埋めなければならなかった。

志望動機や職歴を書くうちに、本当に転職を自身が望んでいるかのように思えてきた。

そして、書き上げて登録すると一週間もしないうちに、複数の会社からオファーがきたのも、その気にさせるには十分だった。

里実は、希望する職種を人材育成、人材開発として、研修講師をやりたい旨を志望動機に記していた。


一カ月ほどした頃、里実が新規事業の業務をしていた頃に出会った本で、とても参考にしていた書籍シリーズを出版していた戦略系コンサル会社から声がかかった。

まさか、あんな有名な企業から声がかかるなんてと一人舞い上がりながら、面接に向かった。


よく晴れた日だった。先方は、里実が平日勤務していることを考慮して土曜日を面接日にしてくれたので、平日はビジネスパーソンで賑わうオフィス街も閑散としており、空がとても近くに感じられた。

三月の服装は、いつも何を着ていくか迷うのだが、この日は桜の開花を前に、薄いピンクベージュのワンピースに白の襟なしジャケットと決めていた。

もし、万が一にも、面接で採用の意向が示されたら、その場で入社する覚悟も決めていた。

採用担当の女性から、面接は今回の一回だけと聞いていたので、どんなことを訊かれても答えられるように、過去の実績や苦労したこと、遣り甲斐など、幾つもの想定問答を用意して臨んだ。

そして、その準備の甲斐があり、面接で訊かれるどんなことにもプロセスでの留意点や成果、そこから得られた教訓などスムーズに話ができ、質問をしてくる感じの良い面接官と、笑顔でやり取りを楽しむことさえできる余裕があった。

一通りの質問が終わり、中心となっていた面接官が横一列で並んでいた五人の関係者の顔を見渡した。

すると、面接官の中で一言も話さずに聞き入っていた髭(ひげ)をたくわえた男性が最後に口を開いた。

「それで、あなたは関東電力のことを、どう思っているのですか」

里実は志望動機を訊かれた際、震災を機に人生観が変わり、自分の可能性を試してみたくなったという話はしたが、会社に対しての話はしていなかったことに、質問されて初めて気付いた。

「……どう思っているかと訊かれますと、一言ではお伝えしづらいのですが」

そう少し言い淀むと、最初に面接をしてくれていた男性が「わかりますよ」とでも言いたげに、笑顔で頷いてくれた。

その笑顔を見た瞬間、みやぞんを含む大勢の人の顔がパッと目の前に浮かんで、すぐ消えた。

「感謝をしています」

咄嗟（とっさ）に出た言葉に、自分でも驚いた。

「ほぅ。感謝、ですか」

質問をしてきた男性は右手で髭を触りながら、言葉を継いだ。

「確か、ご主人のご実家は福島で、今回の事故のせいで関東に避難されているとお話していましたよね。身内に実際被害が及んでいることが心苦しいと。だから、会社を離れて、ご自身のこの先の人生を仕切り直したい、そんな内容を最初お話されていました。それなのに……」

改めて里実を見て尋ねた。

「あなたは、これまでの会社への気持ちを感謝という言葉に込めた。その理由は何です？」

他の面接官の視線が集中するのを感じ、たなうらにじんわりと汗を掻いた。

「こ、ここに、こうして貴社に私を面接いただくまで、自身を成長させてくれたのが今の会社だからです」

しどろもどろになりながら、何も考えずに言葉が口から零れた。

静まり返った部屋に、里実の声は今まで以上によく響いた。

「先ほどのご質問に対して、『関東電力を恨んでいる』と言えば正解だったのでしょうか。残念ながら、そのような感情は正直なところ持ち合わせておりません。事故がなぜ起きたのか、防げなかったのか、誰が責任を取るべきなのか、未だにいろいろと調査、そして報じられておりますが、私にとって、それらは知ったところで、どうにもならないことです。ただ『起きたことがすべて』としか思えません」

髭の面接官が小さく頷くのが視界に入った。

「事故が起きました。あってはならないことです。信じたくないけれど、起こした会社であることは事実です。一方で今、この部屋を照らしている電気、これをつくって送っているのも関東電力です。光と影、すべて抱き合わせている、この矛盾する世界で生かされている、それが今の関東電力の姿だと思います。私は、その中で、電気を送り届ける人たちと一緒に長く過ごしてきました。そこで、社会人として、会社に貢献していくすべての技能を身に付けてきました。何もなかった能力を、仕事を通じて開発させてくれたのが今の会社です。だから、私にとっては、今の私があるのは関東電力があったからだと思っているのです」

ひと思いに話し終えると、なんだかすっきりした。

窓の外には雲一つない青空が広がっている。

髭の面接官は突然、立ち上がってこう言った。

「鈴木さん、よく、わかりました。そして、あなたも今、私と同じことを思っているはずだ。あなたは、関東電力を辞めてはいけない」

五人の面接官が一斉に髭の面接官を見た。

隣に座っていた女性の面接官が小声で「部長……」と絶句したのが聞こえた。

髭の面接官は、気にせず言葉を続けた。

「うちの会社は、おたくの会社と比べれば、小さな所帯でしてね。人数はまぁそれなりにおりますが、七割近くが委託契約を結んでいる研修講師たちなんですよ。今回、その研修講師たちのカウンターとして、とりまとめてくれる人を探していましてね。鈴木さん、あなたがやってきた研修事務局だったり、新規事業、現場経験含めて、ぴったりだと思っていました。コミュニケーションをとるのもお上手だし、ご年齢も契約条件も、すべて。多分、ここに並んでいる面接官たちも、あなたを採用する気がマンマンだったはずです。でも……」

髭の面接官、つまりは人事部長とおぼしき男性は、里実と並びの面接官を順に見ると語気を幾分強めて言った。

「研修講師たちは、きっと訊くでしょう。なぜ関東電力を辞めたんですかと。クライアントにも訊かれる機会があるでしょう。もし、うちの会社に入ったのならば。そのとき何と答えるのですか？　申し訳ないが、先ほどの答えでは訊いた側が腑に落ちない。一言で言うと、わかりやすい答えで返せないと駄目だ。身内が避難を強いられ、これ以上社名を見るだけで辛くたまらないとか。そういう感情がないわけではないと思うけれど、鈴木さん、言えないでしょう、絶対そんなこと」

「言え……」

ます、と告げようとしたが、人事部長はそれを遮るように言った。

「あなたの中に関東電力のアイデンティティが根付いているんです。それは隠しきれない。あなたがそれを自覚しないまま会社をお辞めになったら、きっと、あなた自身が後悔しますよ」

責めるような口調になったことに、ハッと我に返ったように宙を見つめると、小さな声で呟いた。

「あの会社のことは良くは思わないが、事故を起こしてもなお、社員にこう言わせるアイデンティティをどうやって植え付けたのか、どんな研修をしてきたのか気になるな、まったく……」

その後、どうやって帰路についたのか覚えていない。

風が穏やかで、空が青く澄んでいたことだけを覚えている。

そして、アイデンティティという言葉が何度も思い浮かんでは、シャボン玉のように消えていった。

帰宅すると、信博が台所に立って、味噌汁をつくっているところだった。振り返って

里実の顔を一目見るなり、

「お帰り。駄目だったんだね」

と同情しているような、幾分困ったような表情で声をかけた。

「私は、何も……」

里実は、暫くそれ以上言葉にすることはできないでいた。

信博は、黙って鍋からお椀に味噌汁を少し移して味見をすると、

「縁だよ。就職も、何もかも。そうなるようになっていた。本人の努力とか、持って生まれた才能とか、そういうんじゃなくて、もっと大きな人間が預かり知ることのない力が働いて人生は自分の意思に関係なく動いていくんだ」

「のぶさん…、そうじゃなくて」

里実は俯きながら、パンプスを脱いだばかりの爪先が少し赤くなっているのに気が付き、ため息を一つ吐くと、

「アイデンティティ、だってさ」

とひとごとのような言い方で返した。

「アイデンティティ……?」

信博も鸚鵡返しをして、次の言葉を探すように里実の瞳を見た。

信博の真っ直ぐな視線を逸らすようにして里実はぽそりと、

「関東電力のアイデンティティが私の中にあるそうだよ」

と、恥ずかしいことを口にしたあとのように下を向いた。

すると、信博はクックックックッとおかしくてたまらないとでも言うように笑うと、しまいには大きな声を出した。

「なに言ってるんだ！　その面接官の目は節穴か。関東電力に心から忠誠を誓うような人が転職活動なんてするか？　ふん、里実に、もし会社のアイデンティティが植え付けられて、すくすくと成長しているのだとしたら、それは上辺だけのアイデンティティだよ。勘違いしている。

僕は、別に君のことを蔑むつもりはないけれど、転職活動当初、ウキウキしながら企業からオファーがあったことを告げる様子を見たとき、一抹の淋しさというか、福島への想いの差を痛感したんだ。僕は逃げない、でも、君は逃げられる人なんだなって」

「え……」

里実は、信博の言葉に呼吸が苦しくなるのを感じた。

何それ。

私は逃げられる人で、
のぶさんは、正義の味方みたいに逃げない人だなんて。

「私、逃げるつもりなんてなかった。それならば、なぜ転職活動なんてできたんだって訊かれるとうまく言えないんだけれど。

反対に訊くけど、私は、のぶさんが会社にこだわっているのがわからない。ねぇ、なんで？　どうして、故郷があんな目にあったのに、そんな平気で勤め続けられるの？憎くないの？　辞めたいって思うのが普通の感覚なんじゃないの？」

気づけば頬に熱いものが流れていた。喉の奥が痛くなって、声を震わせながら、視界の先にある信博の顔の表情を読もうとしたが滲んで焦点が定まらなかった。

「お義父さんとお義母さんの住む家を失くしたのは、お婆ちゃんをひとり知らない土地で亡くしたのは、のぶさんの帰る場所を奪ったのは、すべて関東電力のせいなんじゃないの？」

そう叫ぶように言い放つと、里実は膝を床につけ、前にかがみこむようにしてその場に泣き崩れた。

そのときだった。カキーンと高く、鋭い金属音が流し台に響いた。

驚いて目を向けると、味噌汁をよそっていたお玉が信博の手から消えていた。

「なくしたら、それですべて終わりか？　ひとつも取り返さないまま、泣いて悔やんで憤って生きていくしかないのか？」

信博は、肩から指先にかけて小刻みに震えていた。

「俺は絶対嫌だよ。そんなの。取り戻すんだ、福島を。終わりにするんじゃなくて、始まらせるには、やっぱり俺たちが頑張らないと始まんないんだよ。だって……」

信博の声が、そこで僅(わず)かに小さくなった。

「だって、福島と関東電力は一蓮托生なんだって、死んだ爺ちゃんが昔っから言っていたから……」

信博は身をかがめると、里実の肩にそっと手を置いた。

「里実、起こったことを誰かのせいにするのは簡単だ。でも、誰かのせいにしていたら、ずっと被害者なんだ。俺は当事者なんだよ。福島の地に生まれ、関東電力に就職した両方のアイデンティティを持つ者として……」

それから先は言葉にならず、二人肩を抱き合うようにして泣いた。

震災後、感情を表に出さないよう、出さないようにとお互い気を遣い合ってきたのが、ついに限界に達した瞬間だった。

この転職活動の話は、同期の青山花恵も含めて誰にも言わず心の奥にしまった。

それから一年、里実は人手の足りなかった看護職の事務手伝いをしながら、心身の不調を訴える社員に向き合う仕事に就いた。

福島の原子力発電所構内をはじめ放射線管理が義務付けられている場所で勤務する社員に対し、放射線管理手帳を交付したり、教育記録をつけたり、体調不良で休んでいた社員を産業医との定期的な面談が実施できるようセッティングしたり、社員の健康管理を行いながら、徐々に自身の身体に疲れを感じ始めていた。

産業医面談の受け付けをしていた際、一人のカルテに目が留まった。入社時にお世話になった上司の名前を見つけたからだった。

疾病（しっぺい）の欄には「胃がん」とあった。見てはいけないものを見てしまったような気がして、受付奥の控え室に入った。

掌にじんわりと汗をかいていた。

ぎゅっとこぶしを強く握ると、再び受付に戻った。

そしてマスクをかけて、来訪者に気付かれないよう、俯きがちに仕事を行った。

医務室から産業医と看護職の専門的な会話のやり取りが聞こえてくる。

手術、入院、復職、診断書……。

今までの仕事の場では聞きなれない単語を日々耳にしながら、自分の気分まで塞いでくる気がした。


そんなとき、美術館主催の現代アート作品の鑑賞会が行われることを、大学時代の友人で、みなとみらい美術館の学芸員となった美波から連絡をもらった。

美波は、震災直後に電話をくれてから、定期的に食事をしたり、美術館所蔵作品の写真集や絵画集を誕生日に送ってくれるなど、何かと気にかけてくれていた。

「たまには美術館に遊びにおいでよ。平日の常設展なんて、図書館なんかより、よほど人が少ないんだから」

そんなメッセージカードと、次の企画展の前売り券二枚が封筒に入っていた。

美術館には、もう久しく足を運んでいなかったなと思いながら、「モネ展」チケットの背景にあった作品『睡蓮』のまどろむようなくすんだ青緑の葉を眺めた。

フランスのオルセー美術館で初めて『睡蓮』を見たときの衝撃を思い出しながら、アート作品に触れることがこの重い気分を変えてくれるような気がした。


四月、ソメイヨシノがみなとみらいの汽車道を薄ピンクに染め上げる頃、現代アート作品の鑑賞会は行われた。

里実にとっては、まったく未知の領域だ。

モネのような印象派の絵画は、やさしい色使いと風景が描かれることが多いので、どこか馴染みやすかったのかもしれない。

でも、現代アートと聞くと、道端に突如現れる得体の知れないモニュメントや、何が描かれているのかわからない子供の落書きみたいなものを想起させた。

平日三時の美術館エントランスには、大学生らしい若い男性グループと、買い物帰りのような手提げ袋を持った主婦、そして、品の良いグレーのジャケットに淡いグリーンの帽子を被ったご高齢の紳士と、その奥さんらしき薄いブルーのワンピース姿の女性、定年退職したばかりのような中高年でスポーツブランドのジャンパーにスニーカー姿の男性と白髭をたくわえた長身の男性、そして里実の合わせて一〇人が集まって、解説者の登場を待っていた。

受付奥のバックヤードから出てきたのは、紺色のパンツスーツ姿で、手にA3版のスケッチブックらしきものを持った美波だった。

学生時代に始まって、つい先日食事をした際もジーンズにTシャツという出で立ちだった彼女とは、とても同一人物とは思えないほどの変わりように目を丸くした。

美波は、エントランスにいた参加者に声をかけると、深々と一礼した。

「本日は、お集まりいただき誠にありがとうございます。本日ご覧いただく現代アート作品は、まだ当館には実物が展示されておりませんが、この秋、横浜トリエンナーレに出品される作家の作品を中心に解説させていただきます」

学生グループとおぼしき男の子の一人から、

「なんだ、作品は見れないのかよ」

と不満そうに呟く声が聞こえたが、美波はそちらを見ることなく、

「本日の会が終了しましたら、現在、常設展に掲げられている一つの作品への見方がガラリと変わることとなろうかと思います。どうぞ楽しみにされてください」

そう言うと、ガラス張りのホールの奥に続く緩やかな廊下を、右手をひらりと高く上げて誘導するように進んでいった。

里実は、急いで彼女の後ろ姿を追いかけていった。

カツカツカツと大理石の床に美波の黒いヒールの音が反響するのを、初めて聴いたレコードのような珍しいものを聴くかのように、耳を澄ませて聞いていた。

「まずは、現代アートの定義を押さえておきましょう」

美波は、配布したテキストをめくりながら、透明感のある声を会議室内に響かせた。

「現代アートとは、美術史における今日、つまり第二次世界大戦後の一九五〇年以降から現代までの作品を指します。現代アートの特徴は、現代社会の情勢や問題を反映し、美術史や社会への批評性を感じる作品が多いです。単純に、現代に描かれているものすべてを現代アートとはいいません。作品テーマと現代社会とが、どれだけの接点があるかが重要になります」

会議室には春らしい柔らかな光が射し込んでいる。

思わず説明を聞きながら、うとうととしかけた老夫婦のご主人の頭が揺れるのが見えた。

それを目にしたのかはわからないが、美波は、足元から一メートル以上はある横長のパネルを持ち上げて訊いた。

「この絵は誰が描いた、何という作品かをご存知の方はいらっしゃいませんか？」

少しの間、静まり返ったが、すぐに「ハイ」と太い声が聞こえた。

「ピカソの『ゲルニカ』でしょう」

一番前に座っていた中高年の男性が答えた。

ニューバランスの白抜きのNのイニシャルが足元で明るく光って見える。美波は安堵した表情でそれに答えた。

「当たりです。制作されたのは一九三七年、パブロ・ピカソによって描かれた油彩です。この作品はスペイン市民戦争に介入したナチスドイツやイタリア軍が、スペイン・バスク地方にある村『ゲルニカ』へ無差別爆撃をした模様を主題とした作品です。

描かれた当時パリ万国博覧会へ展示されたあと、世界中を巡回しましたが、その頃は評価されるどころか、「反社会的で馬鹿げている」とたくさんの非難を浴びました。一方、巡回で得られた資金はスペイン市民戦争の被害救済資金として活用されました。作品への評価が変わったのは第二次世界大戦後の一九六九年、当時のニューヨーク近代美術館にあったこの絵画の前で、アーティストたちが行ったベトナム戦争の反戦運動です。その頃、アメリカ軍によるベトナム戦争への介入を批判する声があがっていたこともあり、『ゲルニカ』にしたことと同じような戦争をしているアメリカは、この絵を所有すべきではないとの運動へと発展していったのでした。たった一枚の絵が政治的な存在となった大変有名な絵です。

このように、現代アートは社会情勢を映しだし、社会問題を提起させるものをいうのです」

一気に説明をした美波は一呼吸置くと、

「何か、この絵に関して質問はありませんか」

と声を掛けた。

「この絵は外なんですか、家の中なんですか？」

並んで腰掛けていた老夫婦のご夫人が、ゆっくりとした口調で尋ねた。

「家の中ですよ。死んだ子供を抱えた女性や牛や馬、そして解体された兵士もいます。絵の中央の上に描かれている不気味な目のように見える電球のようなものを見て、お尋ねになったんですね。これは電球ですが、一説では太陽を表しているとのことです。そして、そのすぐ右下で手に持ったランプが描かれていますが、これは希望を表しているといわれています」

電球が「太陽」で、ランプが「希望」ね。

里実は、資料の余白部分に書き加えた。

そのほか、ジョン・ケージの『四分三十三秒』では、楽器を前にした演奏者が四分三十三秒間、何も演奏しないという無音の音楽を表現して、忘れられている沈黙の世界についての覚醒(かくせい)を促しているとの説明や、ドラ・ガルシアの『華氏四五一度(一九五七年版)』では、レイ・ブラッドベリの小説『華氏四五一度(一九五三年)』を鏡文字で複製したペーパーバックによるインスタレーションで、言葉を超えた領域での相互理解への暗示があることなどの解説が行われた。

美波は鑑賞会の最後に、こう付け加えた。

「みなさん、いかがでしたか。現代アートというものを少し身近に感じていただけたでしょうか。今日は、作品解説をメインにお話させていただいたことで、みなさんの思い描いていた現代アートへのイメージが、多少でも変わってくださったならうれしく思います。一方で、アートは、受け手の自由な解釈に委ねられているともいえます。今日の解説は、あくまでも一般的な解釈や作者の意図がオープンになっているものを中心にお伝えしましたが、アートは、みなさん一人ひとりの感じる心が何よりも大切です。どうぞ現代アートの見方を知った今こそ、現代アート作品と向き合ってみてください」

そう言うと、常設展のある展示スペースの方角を指差し、

「まだお時間の許す方は、ぜひ常設展入り口に掛けてあります、『春少女』をご覧になってからお帰りください。私から作品説明はいたしませんよ。目で見るだけでなく、心で見てください。きっと作品のほうから訴えてくるものがあると思います」

美波は、にっこりと会場に笑顔を向けると、深々とお辞儀をした。

『春少女』――。まさに今、春真っ盛りという時期にふさわしい作品名だなと思いながら常設展の入り口に向かった。

この作品は、日本人なら一度は目にしたことがあるであろう奈良美智の代表的な作品

だ。

奈良は、ニューヨーク近代美術館をはじめ世界中の美術館に多く作品が所蔵されている。

子供の顔なのに、どこかひねくれていたり、ちょっと不気味さを感じる作品が多い印象があって、里実は名前は知っていても、自ら現物を見に行ったことは一度もなかった。

先に席を立った白髭の背の高い紳士の後ろまで来たとき、長身の彼より大きくはみ出るほどのキャンパスの大きさに、まず圧倒された。

画面いっぱいに描かれた少女の口元は、一本の線のように、きつく結ばれている。

背景が春らしい柔らかなピンクで、身に着けている上着の色も、やさしいパステル調の色が重なっている。

そのパステル調の洋服から立ち上るオレンジ色の楕円形の光のしずくが複数、重なり合うようにして顔の上部まで描かれている。　そのまま目線を上げると少女の大きな瞳と目が合う。

その目には、透明の涙が溜まっていて、零れそうで零れない、ぎりぎりのところで止まっているのがわかる。

そこまで絵を観察してから、急に既視感を覚えた。

「あの娘、私だ」

作品に近づくと、白い小さなキャプションに書かれていたカッコ内の数字が目に留まった。

『二〇一二年』

震災の翌年に描かれたのだと知った。

改めて作品を俯瞰しようと離れるために後ろを向くと、目の前に美波が立っていた。

「ね、気に入った？」

美波は物言いたげにしながら、それでも里実の言葉を待った。

「気に入るも、何も……」

言葉に詰まるのを見て、

「里実、あれは私だって思わなかった？」

里実が人差し指で自分の鼻を黙って指すと、

「そう。『春少女』、初めて見たとき、里実に似てると思ったの」

美波は「少しだけね」と言って作品解説をした。

『春少女』は、奈良美智が東日本大震災後、絵が描けなくなり、絵を描く以外の作品づくりを通して自分を見つめ直し、再び絵が描けるようになったとき最初に描いた絵だということ。

『春少女』を包むやさしい光と輝き。それは震災を機に多くの人が生き方や考え方を変えざるを得なかった環境下においても「希望」があることを印象付けると同時に、怒りや悲しみ、どうにもならない現状への焦りや諦めなどの感情が少女の表情に強く表れているということだった。

「辛さを耐えながら、必死に前を向こうとしている感じが里実と重なって見えたのよね。だから、今日は私の説明なんかよりコレを見てもらえただけで十分」

そう言うと、再び黒いヒールを鳴らしながら、控え室へと消えていった。


辛いけれど、頑張って前を向く。

そんなけなげさを里実も作品から受け取っていた。

言葉なんていらない。

見る者へ一瞬にして訴える力が、現代アートにはあるのだと思い知った。

帰りに美術館のショップで『春少女』のポストカードを一枚買うと、手帳の間にそっと挟んだ。

今の自分ができることを探して、過去を越えていくのだ。

前を向いて、あの『春少女』のように。

第四章　Renaissance

二〇一八年七月、里実は本社への辞令をもらった。

辞令交付された際の紙片には、次のように書かれていた。

『広報室　福島コミュニケーショングループ』

広報という仕事に就くのは、入社時の地域広報グループ以来のことだった。

そして、当時と違うのは、「地域」ではなく「福島」と明確にエリアが決まっている点だ。

仕事内容の詳細は聞かずとも、おおよその内容は想像できた。

福島の原子力発電所に対する立地地域や社会とのコミュニケーションを推進する仕事だということを。

二〇年ぶりに、再び福島第一原子力発電所構内へ足を踏み入れることになるかもしれない。

神奈川支店の職場の仲間から励ましやお礼の言葉をいただいたが、あまり耳に入らなかった。

怖れと不安と、何かが始まるときの落ち着かない胸のざわめきを感じながら、東京駅に降り立った。

本社広報室フロアに入って、最初に目に飛び込んできたのは、そこら中にあるＴＶや液晶モニターの多さだった。

ＴＶ画面には公共放送のアナウンサーが映っているが、音声は聞こえてこない。中央の巨大モニターには、社内ＴＶという関東電力社員向けの放送が流れ、頻繁に大きなテロップと社員の顔が大写しとなっていた。

一方、フロアに響き渡る音は、ＴＶ類の電波に乗った声ではなく、リアルに、目の前にいる広報室員の話す生の声だった。

「ご質問の内容はわかりました。それで、ご回答期限はいつまででしょうか。……はい、もちろんです。では、またご連絡します」

マスコミ関係者からの電話を受けていたとみられる報道グループの若きエース、滝川篤志は電話を切ると、真横に座っていたシルバーフレームの細い柄が知的な印象のチーフ山本将人に声を掛けた。

「昨日の社長の会見内容について、質問が来ていまして。今日の夕刊までに記事にしたいので返事がほしいとのことです」

視線を壁沿いのパーテーションに向けると、モニターを前に三人ほどがTV会議をしている様子が見えた。

「収録日程は、来週一二日の一四時からでいいですか。ダムの上の画はドローンで撮影するので大丈夫です。……えっ？　いや、これ以上早くには着けませんよ。東京発八時一〇分に乗るので、移動時間含めると、これがギリギリなんです」

肩上あたりからゆるいウェーブのかかった髪を無造作にひとまとめにした土岐雅子は、早口でそう伝えるとマイクの電源を切った。

緑色に点滅していたランプの色が、即座に赤へと変わる。

「まさちゃん、事前にネゴっておかなかったの？　こんな直前になって時間変更なんてできないんだから」

土岐の上司にあたるチーフの押野まどかは、口を尖らして資料に再度目を落とした。

電話の着信音、ＴＶ会議の音声、円卓といわれる打ち合わせスペースでの会議のやり取り、ファックスやコピー機の動作音、キーボードをひっきりなしに叩く音、そんな諸々の音が混ざり合って、耳に流れ込んできた。

なんとなく気後れしながら、広報室長のもとに挨拶に行った。

室長は、周囲の喧騒に気をとめる様子は微塵もなく、笑顔で自分の前の席へかけるよう勧めた。

「鈴木さん、久しぶりの本社、いかがですか。いや、震災前と比較しても建物の中はご覧のとおり、何一つ改装されてもいない、狭いところですが」

そう言うと、自席のパソコンを閉じて、少し前に身体を寄せた。

「こちらの仕事ですが、無理せず、あなたのペースでやってください。あとで東くんからも説明があるとは思いますが、鈴木さんの仕事は一言でいうと『橋渡し役』です」

「橋渡し、ですか？」

今度は里実が椅子を室長の席に近づけた。

「そうです。福島が一丁目一番地である関東電力は、福島の現状を常に多くの方へお知らせして、立地地域のみなさまをはじめ社会とコミュニケーションを積極的にとっていく必要があります。ここ本社の広報室では、主に首都圏の方に対して、事故を風化させることなく、福島第一の作業進捗をご案内して現状への認識を深めていただくことを目的に広報活動を展開しています」

「……と言いますと、福島第一に私が行く機会は多いということでしょうか」

室長は大きく一つ頷くと、

「そのとおりです。鈴木さんには、これから発電所で働く者と同様の従事者登録をしていただく予定です。……もしかして、事故後の福島第一に行くのが心配ですか？」

「着任して早々、ネガティブな発想で恐縮ですが、私、入社時の地域広報の仕事をしていたときから十五年以上福島に足を運んでいないことから、正直なところ、どうも不安が拭(ぬぐ)えなくて」

里実は率直な気持ちを伝えた。

室長は軽く腕組みをしてから、満面の笑顔で言った。

「鈴木さんは、一般の方と同じ感覚を持っていると知って、逆に今、安心しました」

「どういう意味ですか？」

「放射線には自然放射線というものもあり、日常生活を送っているだけで放射線を浴びているということさえ、あまり知られていないんです。まずは、鈴木さんご自身がよく勉強して、今のあなたのように不安を持つ多くの一般の方々へ正しい情報を伝えてほしいと思っています」

そう言うと、別のグループから声がかかり席を立った。


「そういえば、十五年前は、原子力建屋の安全性について説明していたことは記憶に残っているけれど、放射線被ばくのことなんて、まったく記憶にないなぁ」

そんなことを思い起こしながら、フロアの隅にある自席に着いた。

埃のついたブラインドをそっと持ち上げると、眼下にはＪＲの複数の路線が見え、在来線がひっきりなしに通っている。常磐線の「ひたち」って、どんな色だったたっけ。視線を泳がすも、その日はついに思い出すことはなかった。

＊

「今月末、『世界ビジネス』の編集長と、その雑誌に連載している作家の山下豪先生を福島第一とその周辺地域にご案内する予定があるのだけれど、一緒に行くか？」

そう声をかけてくれたのは、グループ長の東だった。

「山下豪って、昨シーズンにヒットした刑事ドラマ『墨東警察二十五時』の原作で有名な社会派の作家ですよね」

「そうだけど、鈴木さんって刑事もの好きなの？」

「いや、そんなに好きではないのですが、山下さんの描く人物像がとても人情味があって、そこが好きなんです」

「じゃ、決まりだな。浜通り地域の復興の様子もご覧になりたいそうだから、Jヴィレッジホテルに前泊する。悪いけれど、自分で宿泊人数変更の連絡しておいてくれるか？」

「あの、Jヴィレッジ、もう宿泊できるんですか？　だって、震災直後は福島事故の前線基地として、グリーンの芝生が自慢だったサッカー場に、すべて鉄の板を敷いて、駐車場やら作業に行く方のためのプレハブを建てたところですよね？」

里実は驚いて聞き返した。

「そうだよ。あれから七年以上が経って、再びスタートラインに立つんだ。我々が宿泊する七月二十八日はホテル棟が再開する、まさに初日なんだよ」

「すごい！　私、震災前のＪヴィレッジしか宿泊したことないのですが、新しくなったホテルへ再び泊まれるだなんて夢のようです」

東も目を細めながら言った。

「本当、そうだな。俺なんて震災当時は福島第二の広報にいたから当然、ナショナルトレーニングセンターとして世界から有名なサッカー選手が練習に訪れていたＪヴィレッジも知っているし、その後、無残に変わり果ててゆく様子も見ていた。今後は、全天候型の練習場も完成するらしいし、これからは行くたびに楽しみが増えるな」

自分が思い描いていた福島と現実の福島は、もしかしたら違っているのかもしれない。

東の言葉を聞いて、少し希望を持てたように感じた。

廃炉、復興、放射線……。現地で自分の目で見て、確認していこう。社員として、ではなく、まずは一般の方と同じ目線で福島を見て、思い込みを捨てて素直に感じよう。

里実はそれから、福島に関する情報を集め始めた。

改めて情報に意識して触れてみると、自分がこの七年で震災直後のメディアから流れてくる情報のまま、知識も意識も固定していたことに気付かされた。

義理の両親が福島にいる間は、いかに大変な状況か、立ち行かない現状の不満や不安とともに聞かされていたため、「悲惨さ」ばかりが記憶として植え付けられたが、両親が神奈川に避難してきてからは福島の話を聞く機会も減り、逆にこちらの暮らし方について教えることのほうが多く、自身、福島への関心が薄れたことが否めなかった。


里実の震災後初の福島第一原子力発電所入りは、作家山下豪氏の視察随行者としての役割によって実現することとなった。

東京駅で待っていた特急列車「ひたち」は、白のツルッとした車体で、どこか昔のウルトラマンを彷彿(ほうふつ)とさせた。

上野駅を発車すると、そのまま水戸までの間、無停車で運転をするので、座席に大きな荷物を置くと、事前に知らされていた山下氏の元へ挨拶に伺った。

「山下先生、おはようございます」

東は、窓側を向いていた山下氏の背中に向かって声をかけた。

白髪に少しウェーブのかかった前髪を掻き上げるようにして山下氏が振り返った。

「やぁやぁ、おはようさん。関東電力の広報室のお方ですか。わざわざ東京からご一緒いただくとは恐縮です。てっきり現地での案内だけだと思っていたんで。あっ、後ろに座っているのが、編集長の長田さん」

そういうと、腰を少しかがめて立ち上がり、後ろを指差した。

「ご挨拶遅れまして。『世界ビジネス』の長田です。今日から二日間、どうぞよろしくお願いいたします。山下先生も、とても楽しみにしてました。ねっ、先生」

長田と名乗った編集長は名刺を出そうとしてか、棚の上に上げたボストンバックを取るため背伸びをした。

「いえいえ、車内なので、いわき駅へ着いてからで結構です」

東は、手のひらでそれを軽く制して、自身の名刺を渡して言った。

「これから電車で二時間強ご乗車いただきますが、この間、何かございましたら、私か、鈴木までいつでもご連絡ください」

里実は急に紹介されて、慌てて名刺を二人に差し出した。

「まぁま、どうぞ、よろしく」

山下氏は、そう言うと、手元にあった新聞を広げた。

東と里実は会釈をして、各々の席へと戻った。

隣の車両まで移動したところで、東は振り返って、

「鈴木さん、今日が初めてだからって、あまりにも素人然としてちゃ駄目ですからね。山下先生とご一緒する人を二十年ぶりに福島第一に入る社員をつけたなんて編集長が知ったら、よく思わないでしょうから」

と窘(たしな)めた。

「大丈夫です。昔は、よく関東のお客さまをご案内してきたのですから、行けば、当時の記憶が蘇ってきて、普通に話せますすよ」

東は、少し首を傾げながら釘を刺すように言った。

「鈴木さん、無理しないでよ。ちょっとね、心配なんだ。イチエフの構内は、いくら敷地の九十六パーセントの除染が済んだとは言っても、建屋は、水素爆発で吹き飛んだ当時の姿が、まだ残っているから」

そう言って前を向こうとした背中に問いかけた。

「あの、今、イチエフって……」
東は急に頭の位置を私の耳元まで近づけると小声で
「福島第一原子力発電所のこと、社内ではイチエフって言うから。１Ｆね」
と早口で伝えると席へと座った。

日立駅を過ぎてしばらく経つと、車窓には長閑な田園風景が広がった。

水の張られた田んぼには、青々とした稲が風にそよいでいる。

だんだんと空が広くなり、ずいぶん先の山まで見渡せたと思うと、すぐ目の前に迫って見える。

道を歩く人は見当たらず、乗用車が何台か行き過ぎるばかり。

何の変哲もない地方の風景。

しかし、飽きることなく、ずっとその景色を眺め続けた。

湯本駅に停車すると、足湯に入っていた若い女性三人が甲高い声をあげながら、笑い合っていた。

湯本といえば、ハワイアンセンターに一度だけ親戚などと大勢で泊まりにいったっけ。

そんな昔の記憶を思い出していたら、いわき駅に到着した。

ホームに出ると、山下豪氏と長田編集長が先に降りて周囲を見回していた。

「山下先生、お待たせしてすみません。間もなく発車しますので、こちらの在来線に乗り換えましょう」

東は、そう言うと、まるで特急列車のような車両に乗りこんだ。

「いや、私、いわきから先の特急券は持っていませんが……」

慌てて山下氏は尋ねてきた。

「大丈夫です。JRの特急列車の払い下げ電車を普通列車として走らせているんです」

「ちょっと、得した気分だなぁ。私は電車に乗るのが大好きでしてね。移動中に原稿を書くと、集中するほうなんです」

山下氏は、そう言うと、向かい合わせになったシートへと腰を沈めた。

そこから現在連載中の小説の話、福島の名産品の話をしかけたところで広野駅に到着した。

「今日は、まずはJヴィレッジホテルにチェックインして、震災直後と今の現状を展望ルームからご覧いただきながら説明を受けます。そして、来年完成する予定のJヴィレッジ駅を見に行きたいと思います」

東は、そう言うと、颯爽と前を歩いた。

里実は、慌てて追いつくと、小声で訊いた。

「あんなに有名な作家さんなのに、ここまで来ていただくのに、交通費も宿泊費も出せないなんて。なんだか申し訳ないですね」

「二〇一六年に熊本地震があったの、覚えていますよね」

東は、急に振り返ると、山下氏の歩みを確かめながら訊いてきた。

「大きな被害が出て、今も熊本城の復興工事は続き、城全体が完全復元するには二〇年かかるといわれている。その復興の様子を見に行くのに、鈴木さん、あなたは誰かからお金をもらいますか？」

実は五月の連休に、熊本に旅行へ出かけ、まさに復興途上の熊本城に足を運んできたばかりだった。里実は頭を振った。

「山下先生は今回、イチエフとその周辺地域の復興の様子を見て、作品に反映させたいとのご意向でお越しいただいた。その純粋な『見ておきたい』という気持ちは、鈴木さんが熊本に行って、復興途上の城や地域を見たいと思った気持ちと変わらないものだと思う」

確かにそうかもしれない。里実は少し離れた後ろの方から歩いてくる山下氏と長田編集長の談笑する声を聞きながら思った。

「もし、私たち関東電力から著名な作家さんや有名人といわれる方に、お越しいただく際の交通費や宿泊費をお出しすると言ったら、どう思う？　思ったこと、感じたことがあったとしても、そういうお金をもらっていたら、自由に物を言えない、書けないんじゃないだろうか。だから……」

東は、ホテルの看板の前まで来ると立ち止まり、後ろを振り返った。

「私たちは事故を起こした当事者として、どんな方からも公平、率直なご意見をお聴きし、ありのままを社会にお伝えいただけるよう努めなければならない。私たち自らの言葉でいくら伝えたつもりになっても、『あんな事故を起こした企業の話は信頼できない』と思う方のほうが、まだまだ多いのが現状だから。山下先生の作品に、どのようにイチエフやその周辺地域が描かれるのかはわからないけれど、私たち当事者ではない第三者の言葉によって、今の福島をお伝えいただくことで社会の理解が進んでくれるなら、こんなにありがたいことはないよ」

「自分で自分を頑張っているという人は信頼ならないですよね？」

里実は、約八年前の新入社員研修での「事件」を思い出して言った。

「もちろんだよ。私たちは自ら『頑張っている』なんて、言えるわけないだろう？　頑張って当たり前だ。ただ、頑張ればいいってもんじゃない。ありのままのイチエフを見ていただき、そして、社会に福島事故を風化させることなく伝え続けていく使命がある。それだけだ」

東は少し憮然とした表情をつくった。

「もちろん、わかってますって」

軽く返事を返して、里実は山下氏の方へと歩み寄った。

そうだ、わかっている。福島事故を風化させてはならない。

社会から過去の『大変な事故だった』で終わらせて記憶の彼方に葬(ほうむ)られてはならないのだ。

その大変さから復興していく途上を日々発信し続けて、変わりゆく廃炉現場や町の姿を人々の心に刻むことができるのなら……。

いつか社会に、いや世界に、福島の今の姿を広く知らせたい。

でも、どうやって？

その解を探すことが自分の広報室でのミッションだ。

そう強く思った。


「へぇ、サッカー神社ね」

そう言うと山下氏は深々とお辞儀をした。

「全国に数多（あまた）あるサッカー神社の中でも、ここが見晴らし、環境、そして有名選手が参拝したという点で一番でしょう」

長田編集長が次に続いた。

ピッチを一望できる展望ルームからは、遠くに海も見渡せた。

広大なサッカー場には、記念式典が始まるということもあり、多くのメディアがカメラを入れていた。

「こんな日が来るなんて七年前は思いもしなかったです。ここJヴィレッジは、福島の事故時における三つの奇跡の一つだったのですから」

ホテル支配人の水野が遠くの水平線を見つめながらつぶやいた。

「三つの奇跡と言いますと？」

山下氏が手帳をめくった。

「あぁ、申し訳ありません。私がご説明差し上げます」

東は、展望ルーム外のベランダから室内に二人を誘導しながら解説した。

「福島第一の事故概要については、明日、詳細を現地係りの者からご説明いたしますが、あのような重大な事故の中でも三つ、不幸中の幸いとでも申しましょうか、その後の事故収束に向けて大変助かったことがありました。

一つ目は、福島第一の敷地の広さです。現在、処理水を貯めている一〇〇〇トン級のタンクが敷地内に所狭しと置かれていますが、あれだけの敷地があったからこそ、事故直後から巨大なタンクを設置でき、構内で管理できる体制まで構築できたといえます。

次に挙げられるのは免震重要棟の完成です。中越沖地震のときに柏崎刈羽原子力発電所の緊急時対策本部の扉が開かなかった反省から、事故の前年に構内に免震構造を持つ建物を建築しました。そのおかげで事故後、そこですぐ緊急時対策本部を立ち上げ、状況把握に努めることができました。

　そして、最後に、ここJヴィレッジの存在です。Jヴィレッジのスタジアムがあった広野町は、避難指示警戒区域範囲の半径二〇キロ圏外だったため、ここを活動拠点に据えることが可能となりました。よって、先ほどご説明したように、事故後はこの青々としたピッチを潰して、重機で均（なら）して鉄板を敷き、駐車場や作業する者の宿泊施設を建てられたというわけです」

「なるほど、興味深いお話ですな。どんな苦難でも、神は何かしらのチャンスをお与えになる」

　そう言うと、山下氏が窓の外に視線を向けた。

「そうですね。今、思い出しました。ピッチの中に大きなトラックが入ってきたときのことですが、長年勤務してきた職員が涙を流しながら言ったんですよ。あの芝生は、ただの芝生なんかじゃない、サッカーの神様がいる芝生なのにって。それを聞いていた地元採用の子が慰（なぐさ）めるように、そっと近づくと、こんなことを言いました。『いつか、必ずサッカーができるようになりますよ。神様は、俺たちを見捨てたりなんてしない。俺たちが諦めない限り』と」

水野は、そこで一瞬言葉を詰まらせた。

諦めない限り、希望はある。

顔を上げると、青空を白い渡り鳥が横切っていった。

眼下には、濃いグリーンが鮮やかに輝いて見える。

そこに、真っ赤なユニフォームを着た小学生らしい子供たちが一気に走りこんできた。

屋内にいても歓声が響く。

彼らは、希望の象徴だなと思い、目を凝らすと、長い髪を後ろに束ねた子もいる、女子チームのようだった。

そのとき、サッカーコートの端から、色とりどりの無数の球体が青空に向かってふわふわと浮かび上がるのが視界に入った。

「あれっ、あれは風船ですか？」

気付いた長田編集長が窓辺に駆け寄った。

「あぁ、バルーンリリースですね。式典プログラムのクライマックスです」

水野は、もう一度窓を大きく開け放った。

見下ろすとピッチの中央で、おかっぱ頭の少女がしきりに風船に手を伸ばそうとしていた。

彼女が手を伸ばしていた赤い風船は、ガスの入りが不十分だったのか、その他の多くの風船が空の彼方まで上がっていくのに対し、風の流れに任せてゆらりと揺れるように少女の頭上で留まっていた。

「ははは っ、たなごころをあんなに空に向けて開いて……」

声のした方を見ると、山下氏が目を細めながら同じように眺めていた。

「あの……『たなごころ』って」

里実は、山下氏の言葉の意味がわからず、聞き返した。

「そうか、若い人は使わないかな」

山下氏は、そう言うと、里実に向けて手を裏返して言った。

「ホラ、ここ、掌（手のひら）のことだ。手の内側というのかな。たなごころの『た』は手の交替形で、手のことを『た』と呼ぶ言葉には、他にも『たむけ（手向け）』とか『たおる（手折る）』などがある。『な』は『の』にあたる連体助詞で『たな』とは『手の』という意味だ。そして、心（ごころ）と続く。たなごころとは、『手の心』。そして

『心』には」

山下氏は、そこで言葉を切ると、長田編集長の方を向いて続きを話すよう目で促した。

長田編集長は、胸のまえで手を上下に、そして首を軽く振った。

「長田くんも知らないようだから、あと少しだけ。『心』には、三つの意味がある。一つは、『中心』、二つ目にうら（心）と同源である『裏（内心）』、三つ目が中国語の『掌（手心）』の意訳だ」

「『手の心』には、中心と裏があるってことですか？」

少し混乱して聞き直した。

「まぁ、語源なんてつまらないかもしれないけれど、僕の解釈はこうだ。手のひらを向ける先、そこがその人にとっての中心であり、自身の手の裏を見せてまで欲する『心』そのものである。あのおかっぱの子は、今、空に自身の心をさらけ出して、強く一点を望んでいる。ただただ、あの赤い風船を掌中（しょうちゅう）に収めたいと、ね」

パチパチパチ。

長田編集長は拍手を送った。

「山下先生のお話は、どんな景色を見ても小説のワンシーンになってしまうからすごいんですよ」

「さてと、ここで講釈を垂れている場合ではないですなぁ。次は新しくできる常磐線の新駅の場所まで見に行くんでしたね」

山下氏は、そう言うと水野の後ろについて行った。

里実は最後に展望ルームを退出しようとしてもう一度振り向いた。

サッカー神社の朱い鳥居に目が留まり、自然と手を合わす。

福島の人がただただ望む一点とは。

「福島復興」だ。

その希望に手を伸ばそうとしているんだ。

この広い空に向かって。


翌日も、よく晴れていた。ホテルから送迎バスで富岡の中継地点まで行き、構内に入れる許可車両に乗り換える。八人乗りの小さなバンで六号線をひた走ると、これまで目にしたことのない景色が広がっていた。

「地震の大きさを物語るように、この先、車のディーラーのショールームのガラスはすべて割れ落ちています」

左手に崩れかかった建物が自動車会社の看板だけを残して、朽ち果てた様子で建っているのが見えた。

鎖の張られたホームセンターに天井の落ちたパチンコ屋、その先にはバリケードで厳重に管理された民家があった。

車内に沈黙が流れる。

車は、両サイド見晴らしの良い原っぱのようなところに出た。

ここは、かつて何だったのだろう。

こんなところに広場なんてなかったはずなのに。

そう思い巡らせていると、東が口を開いた。

「ここは、かつて田んぼがありました。今頃の季節でしたら、青々とした稲が一面、風にそよいでいたことでしょう」

「今、ここに生い茂っているのは、何なのでしょうか」

長田編集長がカメラを窓の外に向けて訊いた。

「この大きく茂っているのは柳の木だそうです。最初、湿地だったわけですから、あっという間に生い茂ったのでしょう。あとはセイタカアワダチソウなんかも、秋になると黄色い花を咲かせます」

「事故によって、生態系まで変わってしまったということですか。人が去った町では、自然が凌駕(りょうが)していくんですね。こういう景色を見るとね、人間が地球を制しているのではなく、やはり、自然に制されていると思えます。世界の中心に人間があるのではなく、実は、その裏には普段は見えていない自然が、地球上のものを掌に収めているのだということを実感しますね」

山下氏は、道の先をまっすぐ見つめながら言った。

信号手前にあった電光掲示板が、空間線量の値を示している。

毎時二・六マイクロシーベルト。

車の中で通過する際の被ばく線量は、一時的ということもあり胸部レントゲンの二〇〇分の一以下という値だ。

今日ここに来るまでに、一シーベルトが千ミリシーベルトで、百万マイクロシーベルトだということを知った里実は、単位が混同して一瞬動揺したが、世界平均では、年間二四〇〇マイクロシーベルトの自然放射線を浴びていることを考えると、毎時二・六マイクロシーベルトの放射線を一時間浴びると、その放射線量は、年間の世界平均の約一〇〇〇分の一強の空間線量にすぎないと知って胸を撫で下ろした。

空港のセキュリティのような手荷物検査や本人確認を経て構内に入ると、あたり一帯がグレーの色に包まれていた。

訊けば、放射線の被ばく線量を抑えるため、木を伐り、土埃の舞う恐れのある土を覆うためのモルタルを流したのだそうだ。

里実の記憶にあった緑の森は跡形もなかった。

ただ、春になると咲くという入構してすぐの桜並木が、かろうじて残っていた。

「土手もすべてモルタルで吹き固めました。このフェーシング（舗装）という工事によって敷地内の放射線量が低減し、イチエフ敷地面積の九十六パーセントがマスクなしの一般作業服で作業できるようになりました」

現地の説明員がバスの中から外を見渡しながら言った。

「フェーシングには、放射線量の低減だけではなく、モルタルで地表面を固めることによる放射性物質の飛散防止効果や汚染水の原因となる雨水が地面に浸み込むのを抑制し、汚染水の発生量を減らす効果があるのです」

「作業環境の改善に力を入れてきたとは話に聞いていたけれど、ここまで綺麗になっているとはなぁ。どこか港湾の工事現場のようじゃないの」

山下氏は身を乗り出すようにして窓に額を押し付けて眺めていた。すると、

「よくここまで片付けたなと、こんな初めて来た僕でも思うのだから、作業をされている方は、もっと感慨深く思うのでしょうね」

しみじみとした口調で言った。

「今は一日あたり四千人程度が作業にあたってくれておりますが、震災直後は、その二倍以上の作業員が働いておりました。当時は、防護服に全面マスクというフル装備で線量が高い中、身動きのしづらい服装で瓦礫の片付け作業から建築工事など、さまざまな作業に従事していました。その頃と比較すると、比べものにならないほど改善されましたね。全面マスクは被ばくから身を守る一方、呼吸がしづらく、通気性も悪いので作業員の方々にとって大きな負担となっておりました。この全面マスクが不要となっただけで、視界が広がり、作業員同士のコミュニケーションもとりやすくなり、作業効率が向上したのです」

東が、そう言葉を付け足すと、一号機から四号機までを見下ろせる高台でバスがエンジンを止めた。

「今日は一時降車できないのですが、今年度中には、誰でもご希望があれば、あの壁向こうの全号機を見晴らせる場所まで行くことが可能となります。もちろん線量は車内より高いですが、いま胸ポケットに入れている線量計で管理していますので、ご視察中の一時間を通しても、被ばく線量は歯のレントゲン一回程度です。間近でご覧になると、また違った感想を抱かれるかもしれません」

説明員はそう言うと、一号機から四号機の廃炉作業の進捗について説明を行った。

「一号機は事故当時運転中でした。よって、すぐに制御棒を挿入し止めることには成功しました。しかし、津波によって電源喪失したため原子炉を冷やし続けることができずに水素爆発を起こし、放射性物質を閉じ込めることができませんでした。今は使用済燃料プールからの燃料の取り出しに向けて瓦礫撤去作業を行っています。瓦礫を撤去したら、燃料取り出しカバーや取り出し用設備の設置に向けた準備にとりかかる予定です。

二号機も事故当時運転中で止めることには成功しました。一号機同様、電源喪失したため原子炉を冷やし続けることができず、水素が発生しますが一号機の水素爆発の影響により原子炉建屋の壁の一部が損傷し、あの側面の穴から逃げたことで爆発は免(まぬが)れました。今は空間線量の測定や汚染状況の調査の結果を基に使用済燃料プールからの燃料取り出しに向け、遮蔽(しゃへい)設計や放射性物質の飛散防止対策を実施しています。蒲鉾(かまぼこ)型のようなカバーで覆われた三号機は、一号機と同じようなプロセスで結果として水素爆発により放射性物質を閉じ込めることができませんでした。今は使用済燃料プールからの燃料取り出しに向け、準備を進めています。

最後、四号機ですが、事故当時は定期検査のため運転を停止していました。そのため原子炉内に燃料はなく、建屋内に隣接する使用済燃料プールに一五三五本の燃料がありました。三号機からダクトを通じて流れ込んだ水素によって建屋は損傷したものの、二〇一四年十二月には使用済燃料プールにあったすべての燃料を建屋外に取り出し、今はリスクが大幅に低減しました」

説明後、バスが再び発車すると、山下氏は独り言のように、

「見える変化と見えない変化。でも、どっちも確実に変化はしているんだよな」

と呟いた。

長田編者長は、それに続くように、

「プロセスを、きちんと評価していかなければならないですよね。結果に行き着くまでの作業検討や試行錯誤の内容など、それがたとえ小さな変化であったとしても」

と言って言葉を切ったあと、

「福島第一の作業は、宇宙船での作業と同じくらい難しいのでしょうから」

困難を極める燃料デブリの取り出しや汚染水処理の管理の難しさについての説明を思い出してなのか、自身に言い聞かせるかのように言った。

双葉町側にある五号機、六号機に向かう海のそばの道を走っていると、山下氏は先ほどいた高台を見上げてモルタルの壁を指差した。

「先ほど説明してもらったアレね。あの一面の壁、以前は植栽されていたんでしょう。いくら放射能が飛び散らないからって、あの灰色は作業員さんたちの心を暗くしないもんかね？」

里実は訊いた。

「あの上からペンキか何かで緑に塗り直せばいいのでしょうか？」

すると、山下氏はひとしきり大きな声で笑うと、

「関東電力さんは、なんて言うのかな、真面目すぎるんですよ。そんな子供でも言えそ

うな発想じゃあなくて、もっと人の心を豊かにするような発想を持たないと。例えば……」

山下氏が少し考えるようなしぐさをしたのを見て間髪入れずに答えた。

「グラフィック・アートとか、ですか？」

里実は、地元企業が一号機と二号機の間にある排気筒解体作業に取り掛かるのに際して、その遠隔操作室となるバスの車体に、子供たちが絵を描くラッピングバスの話を思い浮かべて言った。

そのアートプロジェクトは、みなとみらい美術館の美波から教えてもらったものだった。

東が小声で尋ねた。

「何？　グラフィック・アートって？」

長田編集長が笑顔で言った。

「平面の壁などに表現する絵のことです。ポスターとか挿絵なんかもそうですが、一般的には公共、私有の壁への落書きを指すことが多いですね。よく駅や倉庫の壁に描かれているのを見たことおありではないでしょうか。鈴木さん、アートはお好きなんですか？」

「はい、好きですね。見る側の心を自由にしてくれる現代アートに少し前から関心があります」

「ふふん、私も同感だ。でも、現代アートが好きと言っておきながら、緑で塗り潰すとはお粗末な発想だよ。私だったら、パンクシーに描いてもらうね」

山下氏は私の方を振り向くと、「知っているか」とでも言いたげに軽くウィンクをした。

「パンクシー？」

里実の声は、五号機手前の物揚げ場を通った際の説明員の声でかき消された。

遠くに見える白いテトラポットにたくさんの海鳥がとまっている。

碧（あお）い海は凪いでいて、白波一つ見えない。

この場所を呑み込んだ大津波。

押し寄せた波によって変形した巨大タンク。

全部が現実にあったことなのに、今一つ現実味が湧かない。

この静寂、この海、防波堤……。

海は朝日を浴びて白くもなるし、曇りの日には灰色に、夜は漆黒となり、日没の際には朱色に染まる。海を描くときに、必ず青色で塗っていた幼少期の頃は、刻々と変化する海の本来の姿を知らなかっただけでなく、既成概念にとらわれていたといえるのかもしれない。加えて、自分を取り巻く学校の先生を含む周囲の大人たちも、無意識のうちに、その既成概念の中で評価をしてきたのではないか。その蓄積が、この不確実性の高い社会においても、私たち社員にボディブローのように効いてきてしまっている。

「海は青いか？」

その問いに躊躇(ためら)いなくイエスと答えてきたのは、そう答えることが正解だと教えられてきた結果であり、そう信じることに疑いを持つ機会など微塵もないほど、想定外なことが奇跡的に起こらず過ごすことのできた営みのおかげであった。

道を進んだ先、左手に見える五号機、六号機には何の変化も見いだせない。太陽が西に少し傾いて、最初に構内に入ったときより外気の温度が上がっているようだった。

光と影。

自然と人工物。

日常と非日常。

過去と現実。

里実の感じたイチエフは、そんなさまざまな相反するものが一堂に混在し、溶け合っていた。

急に喉の渇きを覚えた。

その乾いた喉の奥から、もう一度忘れないよう声に出してみた。

「パンクシーって誰?」


それから二カ月半ほど経った十月六日のニュースで里実は再び「パンクシー」という名を耳にした。

ワールドニュースのコーナーで、何の気なしにテレビを見ていたとき、衝撃映像が目に飛び込んできた。

オークションにかけられていた一枚の絵が落札された瞬間、公衆の面前で自動的に切り刻まれたシーンだった。

会場に鳴り響く警報機のサイレンと何事が起こったのかと事態を呑み込めない呆然とした表情の会場にいる人たちの大写しの顔。

里実は釘付けとなった。

のちに『シュレッダー事件《愛はゴミ箱の中に》』と名付けられた、その絵の作者こそイギリスを代表するストリートグラフィティアーティスト、パンクシーだった。

匿名で顔出しもしない、正体不明の謎のアーティストの絵は、前年、イギリス人が好きな芸術作品の一位にも選ばれた代表作『風船と少女』。

イギリス老舗のオークションハウス「サザビーズ」で一億五〇〇〇万円の値がつけられた直後、パンクシー本人によって仕込まれたシュレッダーによって、無残にも切り刻まれたのだと報じられていた。

里実は翌月、美波と食事をする約束をしていたので、会ったときにパンクシーという人物と、一連の行為の意図について訊いてみようと思った。

前代未聞といわれたこの事件は、なぜか心に強くひっかかった。

「ほんと、びっくりしたわね」

美波は、今日は休館日だからといつものラフな格好で現れると、スパークリングワインを一気に飲み干した。

恵比寿の創作イタリアンで待ち合わせた二人は、乾杯を待たずにパンクシーの歴史的な事件について話し始めた。

「ねぇ。里実は昔、私が解説した現代アートの鑑賞会で取り上げたパブロ・ピカソの絵を覚えている？」

おもむろに話題がピカソに移ったので、思わずフリットをつまむ手を休めた。

「なぁに？　そりゃ、覚えているわよ。『ゲルニカ』だったよね」

「そう。あのとき説明しなかったのだけれど、ピカソは、生前こんな言葉を残しているのよ。『いかなる創造活動も、初めは破壊活動から始まる』って」

「何それ。破壊と創造って、まるで相反しているじゃない？」

「パンクシーって、ネズミをモチーフとする作品でも有名なのよ。私がロンドンのナショナル・ギャラリーで研究員として働いていた二〇〇四年頃なんだけど、近くに自然史博物館という恐竜や巨大な生物の骨格標本なんかが多数展示してある、子供に人気の場所があってね。そこで、なんとパンクシーが従業員を装って侵入し、ガラス張りの箱を運び込んだの。箱の中には、剥製のドブネズミがスプレー缶や懐中電灯を手にしていて、後ろの壁には『Our time will come』ってスプレーで書いてあった。笑えるでしょ」

「いやだぁ。ネズミが『私たちの時代が来る』だなんて、不気味じゃない。まるで、カミュの『ペスト』みたいだわ」

「さすがね、里実。伊達にフランス文学を専攻していたわけではないわ。その作品『ペスト　コントロール』と呼ばれるのだけれど、彼が芸術のテロリストと呼ばれる由縁よ」

「ところで、破壊と創造の話から、だいぶ逸れた気がするけれど、ネズミと何の関係があるの?」

「あら、気付かないのね。ヒントは十分に出したつもりでいたのに。ペストが流行した十四世紀のヨーロッパは、その後、どんな時代が来た?」

「ルネサンス!」

「そうね。ペストの大流行によって常に死への不安を抱える人々が増え、それまで絶大な権力を持っていた教会や封建領主の影響力が弱まった。そこで中世時代の神を絶対視し、人間を罪深いものとする思想から、人間本来の精神に着目し、人間中心の生き方を見出そうとするルネサンスが返り咲いたというわけ」

「ペストという破壊力によって、ルネサンスという創造の時代が誕生したと。うーん、奥深いわね」

　里実は、少し脂のついた手を顎（あご）につけて考えてしまったことに気付くと、慌てて紙のおしぼりを引き寄せた。

「謎多き正体不明のアーティストだもの。今の考察は私の予測にすぎないのだけれど。美術史上に多大な影響をもたらしたピカソの言葉を、彼が意識したことがないわけがないわ」

　そう言うと、美波は満足そうに、ゆっくりとカンパリソーダを口に運んだ。

「電力業界も……福島第一が、あんなふうに津波によって破壊されたことで、電力自由化や法的分離の動きが加速したといえなくもないのかもね」

　里実は、独り言のように呟いた。

「創造とは違うかもしれないけれど、パラダイムが覆されて安全神話がなくなった。そのことは、事業者に対しても、利用者に対しても、のちのち大きなルネサンスだったといえるのかもよ」

切り刻まれた『風船と少女』は、結局、落札時より二倍以上も高値をつけたのだとあとで教えられた。

破壊という大きな衝撃は、その後の人々の価値観を大きく変え、生き方さえも見つめ直さざるを得ない重大な契機となったのだ。

里実自身に置き換えてみると、福島第一の事故によって身内は避難を強いられたけれど、仕事を通じて福島の地に再び向き合ったことで、過去を越えていこうとする力強い生命力が宿ったのを感じていた。

「ねぇ、美波。いつか『私たちの時代が来る』ことを想定して、私の創造力を駆使した、夢のようなおとぎ話を聞いてくれない？」

ふたりは、それから何度目か忘れるほど乾杯を重ねた。

第五章　Imagine

二〇一九年十二月三十一日、中国湖北省武漢市の保険当局は、次のことを発表した。

「海鮮市場と関連した肺炎が多く見つかっている。ウィルス性の肺炎と見られ、病原体の特定を進めている」

季節は冬の真っ只中ということで、前月、インフルエンザの予防接種を受けたばかりの里実は、風邪をこじらせて肺炎になるのも、インフルエンザで高熱にうなされるのも御免だと思っていた。

それが、まさか翌月、肺炎ごときで武漢市の封鎖という事態まで中国政府が踏み切るだなんて。

二〇二〇年二月、日本政府は新型コロナウィルス感染症を指定感染症とした。

そのすぐあとに横浜港に停泊した客船で七〇〇人以上が新型コロナウィルスに感染したとの発表があった。

同じ神奈川県に住む者として、急に緊張感が高まってきた。

まさか、記憶が薄れつつあったSARS（サーズ）のようなウィルスが再び発生したのか。

二月十三日、県内の八〇代女性が日本で初の死者として報じられると、マスコミが毎日のようにトップニュースでコロナ関連の情報を流し始めた。

二月十六日、政府が開催した専門家会議において、新型コロナウィルス感染状況が「国内発生早期」という認識が確認されたことを受けて、その翌日十七日の始業開始時より、会社の態勢が第一対策態勢へ引き上げられた。

電力の安定供給という社会機能維持に関わる事業者として、万全の態勢で臨む必要があるとの考えに基づくものだった。

この日から、事業継続に向けた業務の体制確認や交代・補助員リストの事前確認、社員には出社前検温やマスクの着用が義務付けられた。

この第一対策態勢が取られたのは初めてということで、社内では重々しい空気が流れた。

「ねぇ、マスク着用していると、人の表情も読み取れないし、声も聞き取りづらくなるし、コミュニケーションが悪くなるよね」

広報グループの押野まどかと土岐雅子が化粧室で歯を磨きながら話していた。

「でも、先輩。いいこともありますよ」

と土岐がニタリと歯茎（はぐき）を見せながら言った。

「私、今、眉毛とアイラインしか化粧してないです。ほらっ」

そう言って振り返った。

「あなたは若いからいいかもしれないけれど、ねぇ」

今度は押野が里実を見て言った。

「確かに。私なんて、自分の吐く息でファンデーションが湿るのか、マスクの中が、すんごい汚い」

自分のマスクを裏返して見せると、土岐は、すかさず、

「えっ、それヤッバイくらいキタナイですよ。化粧なんて無駄、無駄」

と笑いながら個室に入っていった。

束の間の笑いに、なぜか少し気持ちが緩んだ。

翌月の九回目となる三月十一日の行事は、内閣府主催の東日本大震災九周年追悼式が中止となっても、関東電力では規模を縮小して、例年どおり福島第一原子力発電所で開催されることとなっていた。

しかし、日に日に世間では感染者が増えていくなか、未だ社内で感染者が確認されていないとはいえ、さまざまに想定をしていく必要があった。

黙祷および社長による訓示は、福島第一の管理職以上だけが参集することや、本社やその他の事業所でも一カ所に集まって行事に参加するようなことはせず、自席で黙祷、そのあとにイントラネットへ掲載される社長や復興本社代表のメッセージを各自で読んだり、社内テレビで視聴したりした。

いつもは全社員が各々の建物で一堂に介し、心を一つに、黙祷とともに当時の記憶や、それまでの振り返りを行っていたが、一人ひとりで迎えるそのときは、心持ち淋しさを感じずにはいられなかった。

そして、四月七日、政府による緊急事態宣言が首都圏を中心に発令されると、第三対策態勢という最上位の態勢に格上げされた。

電力供給および発電所の安定的な運営、ならびに廃炉作業の安全確保に影響が及ばないよう取り組んでいくメッセージが発信されるとともに、今まで実施したことのない約一万人の在宅勤務が実施された。

このような態勢は、関東電力以外の多くの企業でも実施されるようになっていた。まさに日本が、世界が働き方の変革を迫られ、いかにして事業継続していくかを突きつけられていた。

そんなとき、藤沢に避難していた義母の容子から連絡が入った。

「里実ちゃん、これからますます首都圏では感染者が増えていくんでないの？　こちらでかかっているお医者さんに訊いたら、福島など東北にいたほうが安全ではないかって」

信博に電話を代わると、

「うん、そうだな。どっちみち関東にいても、そのうち外出ができなくなるだろう。そんな狭い家にこもるくらいだったら、福島の家で敷地内を歩いたり、畑に花でも植えて心穏やかに暮らしたほうがストレスが軽減されるかもしれないな」

そんなことを言って、電話を切った。

「今や、同じ見えない敵は敵でも、放射能よりコロナのほうが怖いって」

事実、楢葉町の空間線量は、毎時〇・一マイクロシーベルト前後まで落ちてきていた。藤沢市が毎時〇・〇五前後だから、首都圏と比較すると二倍だが、福島市（毎時〇・一二八マイクロシーベルト）、ソウル（毎時〇・一二〇マイクロシーベルト）〈※ともに二〇二〇年二月時点〉より低い値だった。

「今世紀に入ってから、私たちは見えないものに生命を脅かされているような気がする。SARSも地球温暖化も、世界が注目するようになったのは二〇〇〇年以降。そして、東日本大震災を含む地震や津波、放射線。そしてコロナウィルス。かつてない脅威によって、このままいったら、人類滅亡の日も近い気がしちゃう」

里実はそう言うと、自らの言葉によって更に気分が沈んだ。

「でもさ」

信博は努めて明るい声で言葉を続けた。

「今までもたくさんの危機を乗り越えてきたのが、人間なんじゃないの？　歴史は詳しくないけど……。いつ、どんな状況になったって希望はあるよ」

義理の両親は、電話のあと、すぐに福島へと帰った。

暫くの間、福島での感染者は発生しなかった。

しかし四月十六日、緊急事態宣言が全国に拡大され、その翌々日十八日に国内の累計感染者数が一万人を超えると、一気に外出自粛の要請が各都道府県でも強まるようになっていった。

「福島県でも五十人近くまで感染者が増えているから、気を付けて」

そう容子へ連絡をすると、

「なぁに、神奈川県は九百人以上なんだから、比べものにはならないでしょ」

と明るい声で返すのだった。

そして、

「それよりも、こっちは空が広いから、清々するわ。来て良かった」

と心からうれしそうに帰郷できた喜びを口にした。

＊

二〇二〇年十月二十三日、里実は朝食の支度をしながら、テレビから流れてきた「パンクシー」という言葉を耳にし、急いでボリュームを上げた。画面には印象派モネの『睡蓮』が映っているように見える。

「待って。あの橋……」

その絵の上部には、かのジヴェルニーの庭にある池に架けられていたのと同じ濃緑色の太鼓橋が描かれていた。

同じ構図ではあるが、下部にはショッピングカートやコーン標識が廃棄されているかのように無造作に池に沈んだ光景が描かれている。その異様さが見る者に対して警鐘を与えているように見えた。不法投棄、大量消費社会、環境破壊……。

美しさの中に埋められたゴミの断片。人は、この絵をなんと評するのだろうか。里実が目を留めたのは、そんな強いメッセージが込められた下部ではなく、濃緑の塗装が剥げかかり、白っぽい下地が見えた手摺りのアーチ部分だった。この欄干のかすれ具合、経年によって自然に色落ちしたように見える橋の面影を、どこかで見たような気がした。

そう……、いにしえの時を刻み、静かに浄土庭園に架かっていた朱塗りの橋。あれは、いわきの白水阿弥陀堂だ。

なぜ、そんなことを思い出したのだろうかと、里実は記憶の糸をたどった。

「思い出した！」

思わず大きな声を上げたことで寝室から信博が飛び出してきた。

「な、なんだよ。朝から大きな声で」

信博は目をこすりながら、テレビの前で齧(かじ)りつくように見ていた里実の横にパジャマ姿で立った。

「のぶさん、私、この絵を描いた人、見たかも」

「えっ？　今なんて」

「欄干の塗りが剥げて、すごく歴史を感じさせる橋のあった、覚えている？　結婚当初、白水阿弥陀堂に連れて行ってくれたときのこと」

「あぁ、もちろんだよ。紅葉がまさにこれからという時期だったな。あのとき、太鼓橋の上に立ってもらってたくさんの写真、撮ったのを覚えているよ」

「そう、まさにそのとき。この絵のデッサンしていた外国人の男性とすれ違ったの。橋の上で」

「まさか！　そんな昔のこと、よく覚えているな」

信博は、テーブルの上に置かれたコーヒーカップを口許に運んだ。

「私、欄干に手をかけていたから、欄干の色の落ち方が記憶に残っていたの。通りかかった外国人の男性の手には画帳があって、思わず見ると、同じように色の落ち具合が再現された橋のデッサンが描かれていた。写生してるんだわと思ってよく見ると、その男性の腕で隠れて全体は見えなかったけれど、左下方に円錐形のコーンらしきものが見えたのよ。ほら、コレ、工事現場に置いてある朱色のプラスチックの標識。今、この絵を見たからコーンだったんだってわかったんだけれど、あのときは池に二等辺三角形のものが浮いているとしか思わなかった」

「で、もしそうだとして、この絵を描いた人って誰なの？」

信博が里実に尋ねた瞬間、アナウンサーが落札価格とともに作者の名前を読み上げた。

「イギリス老舗のオークションハウス、サザビーズによってロンドンで競売にかけられたパンクシーの二〇〇五年に発表された作品『ショー・ミー・ザ・モネ』は二十一日、市場予想を大きく上回る七五五万ポンド、日本円にして約一〇億円の値で落札されました。今から二年前、代表作『風船と少女』が競り落とされたのもこのサザビーズオークションでした。過去二番目の価格までつりあがったパンクシー作品の勢いは留まるところを知りません」

里実は、最後まで聞き終わらぬうちに突然立ち上がると信博にハイタッチをして言った。

「私、決めた。いつかきっと、パンクシーにアクセスしてみせる」

二〇二一年、年は明けたもののオリンピックイヤーを祝う空気よりも、インフルエンザとの同時流行でさらに勢いを増した新型コロナウィルス感染症の流行を不安視する声が囁かれていた。

例年なら、三月十一日に向けて、さまざまなメディアが取材に訪れる福島第一も受け入れ人数を大幅に抑えて、粛々と廃炉作業に勤しんでいた。

東は、福島第一の視察・取材予定カレンダーを見ながらため息をついた。

「今年は、震災から十年目となる節目の年だ。世間は、未だ新型コロナウィルスへの関心が高いが、十年前のあれだけ大きな災害より、間近の恐怖に気をとられている現状は、そう簡単に変えることはできそうにないな」

福島第一では、構内視察者の目標を年間二万人としていたが、到底目標は達成できないことが明らかだった。

「福島の事故から十年が経ち、この間、地域や廃炉の現場がどう変わってきたのか、世界へ発信していかなければならないと思います。私たちは福島を風化させない、福島の復興を社会に伝え続ける責任があるのですから」

里実はそう言うと、唇を強く噛んだ。

世界は、かつてないパンデミックによって思考が硬直化している。

過去も未来も見ず、現在に精一杯だ。

でも、簡単に諦めたくなかった。

こんなときだからこそ、事故直後の惨状から大きな変貌を遂げつつある福島を、広く世界へ報じてもらう必要があった。

二月になり美波からの誘いで食事をすることとなった。

久しぶりに会った美波は、幾分疲れた様子で約束時間に少し遅れたことを詫びながら席に着いた。

「いやぁ、やんなっちゃう。コロナ禍は美術界にも大嵐を巻き起こして、未だ後処理に追われちゃって」

美波は、昨年三月から開催される予定だった国立西洋美術館の「ロンドン・ナショナル・ギャラリー展」のキュレーションを一部手伝っていた。

世界初開催となる歴史的な展覧会は、東京、大阪の二都市で約八カ月という長期に開かれる予定だったが、コロナ影響によって予定通りの開催はできず、期間がだいぶ後ろ倒しとなった。

「過去、ナショナル・ギャラリーの作品が六〇点以上もまとまってイギリス国外に貸し出されることはなかったんだから、前代未聞、史上初の大事件だったのよ。それなのに、まさか目にも見えない小さなウィルスのせいで、こんなことになるなんて……」

美波は、ビールを一気に飲み干すと、店員を呼び、お代わりを注文した。

「でもね、やっと、先月末に終了して、来月、英国の関係者が日本を訪れる文化交流事業が終われば、私は暫く長期休暇を取れることになったの」

「良かったね、美波。昨年、みなとみらい美術館と西洋美術館と両方やっていたから、休みがないって嘆いてたもんね」

里実は、美波に新しいビールが運ばれるのを待って、グラスを重ねた。

「そういえば、ここだけの話だけれど、里実が注目していたバンクシーも今回お忍びで来日するんだよ」

「えっ？　なんで？」

「今回のナショナル・ギャラリー展を通じてやりとりしていた在英国日本国大使館の昔の友人から少し聞いただけで詳しいことはわからないけれど、来月の文化交流事業の一員として来るらしいの」

「ねぇ、それって、東京でやるの？」

里実は、テーブルに身を乗り出すようにして訊いた。

「ちょっ、ちょっと、里実、あなた、お皿のソースが袖につきそうよ」

美波は、そう言って笑うと、「まだ未確定なんだけど」と前置きして行程を教えてくれた。二泊三日の行程の最終日となる三月三日に在英国日本国大使館と駐日英国大使館の一行は、福島浜通り地区を周り、福島第一を視察してから、その日の夜の便で帰国するとの話だった。

「東京、丸の内でのセレモニーが終わったら、夕刻からのレセプションに出て帰国の予定だったんだけれど、昨年、日英交流年ＵＫ ｉｎ ＪＡＰＡＮのアートプログラムがほとんど延期や中止になったでしょ？ だから、東日本大震災十年目ということで福島の高校にゴッホの『ひまわり』の複製画を寄贈しに行くということになったみたい」

「美波、ちょっと、ちょっと待って」

里実は、慌てて手帳を取り出すと、福島第一の視察・取材カレンダーから転記した予定を確かめた。

「えーっと、何て団体名だろう？ あっ、あった！ 英国大使館」

三月三日十一時から、十五名で予約が入っていた。

「ねぇ、美波。パンクシーも、この一行と行動をともにするのかしら？」

「そうねぇ。イギリスの公的な国際文化交流機関ブリテッシュ・カウンシル主催だから、今回の福島訪問も公式プログラムに組み込まれているとすれば、行く可能性が高いわね」

美波は、そう言うと、ふと思い出したように、里実の瞳を覗きこんで言った。

「里実……、まさか」

里実はコクンと頷いた。

「そう、美波。今こそ私たち、動き出すときがやってきたのよ」

「創造のとき！」

二人で同時に口にした。

美波は軽くウィンクすると
「里実のせいで美術館クビになったら、関東電力で雇うって約束してよ」

そう言って、かばんに手を伸ばし、在英国日本国大使館の友人に電話をかけた。

流暢な英語でのやり取りが終わると、

「やっぱりパンクシーも全行程一緒だそうよ。私が、彼の通訳兼アシスタントとして福島第一に入構するお願いをしておいたから、急いで私の名前も視察者名簿に加えておいて」

そう言うと茶目っ気たっぷりな表情を浮かべて、

「ちなみに、当然だけれど、パンクシーは本名じゃないから、視察者名簿を見ただけでは、日本人の誰もが、彼が正体不明の謎のアーティストだとは気づかないわよ」

と言い足した。

それから里実と美波は、顔を近づけるようにして、いつかの夢物語の実現化を目指して、互いにアイデアを出し合っていった。

閉店を告げる店員からの催促によって、ようやく顔を上げたときには、ワインボトルが二本も空いていた。

「ねぇ……、里実、本当にうまくいくかなぁ……」

美波は、お会計を済ませて外に出た里実の背中を追いかけて言った。

「成功すれば、ナショナル・ギャラリー展の開催よりも前代未聞のビッグニュースよ」

里実は、酔った頭を擡げるようにして言った。

「あとは美波。あなたがパンクシーをどう動機付けできるかにかかってるんだから」

そうプレッシャーをかけてから別れた。

頭上には大きな月が浮かんでいる。

その光に導かれるようにして里実は帰路についた。

以前、会ったかもしれない英国のストリートグラフィティアーティストの顔を、月に何度も思い浮かべながら。

二〇二一年三月三日　十一時

また風が吹いた。

落ち着け、焦るなと自分に言い聞かせる。

頭の中を空っぽにして、今は絵のことだけに集中すればいいんだ。

あのときだって、銃を構えたイスラエル兵の影に怯えながら、壁に作品を書き残すことに成功したんだ。イスラエルとパレスチナを分かつ分離壁に。あの壁は全長七〇〇キロを超えていた。高さは八メートルほどだったから、ここはそう変わりはしない。Ｆｕｋｕｓｈｉｍａには銃を構えた兵士はいない。

俺の後ろには二人の日本人女性が立ってくれていて、多少心もとないとはいえ安心できる。

黒髪の背の高い通訳者は、二〇二〇年五月にイギリスの総合病院に贈った絵『Ｇａｍ

ｅＣｈａｎｇｅｒ』のことを、

「あれは『視る革命』だわ」

と興奮しながら言ってくれた。もちろん、その後に続く言葉、

「今度は、日本で革命を起こして」

の一言を最後に添えるのも忘れなかった。


今までも頼まれて描いたことなんて数少ないし、役人とか権力にはことごとく反抗してきた。もちろん富める民間企業にも。

俺が仕事を断った企業は有名なスポーツ用品メーカーに、世界展開をしている飲料メーカーなど、どれも社会的に素晴らしいといわれる企業ばかりだ。悪いが、関東電力という企業は福島の事故があって初めて知った。

でも、国も企業も関係はない。俺自身がゲームチェンジャーを目指すのでもない。コロナが起こってわかったんだ。世界の流れを変えるのは、そこに住み、そこで生活を営む人自身だということを。

十年前の地震と津波によって、ここ福島は原子力災害と、その延長上にある風評被害にさらされ続けてきた。

放射能汚染地域というレッテルは国内外に浸透し、安全が科学的に認められてもなお、国外では福島県産食品の輸入規制をしている国があり、国内でも流通に未だ乗らない農産物があると聞く。

根拠のない噂やデマ、フェイクニュースが世界中のメディアやＳＮＳで蔓延(はびこ)り続ける中、本当は一番に手を差し伸べなければいけない人たちに対して、手を貸すのはおろか、まるで見えないかのように涼しい顔して無視していやがる。

いや、風評についてだけではない。

エネルギーについても同様だ。

毎日、何も考えることなく、無制限に使えると思って使われている電気。

震災前は、首都圏の電気の多くを、ここ福島で発電し、送り届けられていたことに、どれくらいの人が気付いていたというのか。　人々の無知と無関心と無自覚な行動が改められない限り、福島の復興も、再生も、発展も難しいだろう。

なぁ、自分たちの暮らしに、どうして責任を持とうとしない？

環境破壊も、温暖化も、紛争も、事故も、すべて国や一企業だけの責任だというのか？

我々一人ひとりがもっと関心を払い、政府から監視され、企業に個人データを吸い取られるだけでなく、国や企業を監視し、情報請求をし、声をあげていくことが必要なんだ。

身体を丸ごと預けておいて、都合が悪くなってから初めて声をあげたって遅すぎる。

俺は、こんな事故を経験してもなお、逞しく復興に向けて歩みを進めようとしている福島浜通りの現実を、この目で、舌で確かめたからこそ描く気になった。

美しい四季のある、豊かな恵みに満ち溢れた福島。

うまい魚があって、おいしい米が採れるからこそ完成したあのときの寿司の味。

今こそ世界の目をＴｏｋｙｏからＦｕｋｕｓｈｉｍａに向けさせたい。そう強く思ったとき、描くのは『風船と少女』だと思った。日本への、福島へのメッセージはただ一つ。

『ＴＨＥＲＥ ＩＳ ＡＬＷＡＹＳ ＨＯＰＥ（いつだって希望はある）』

男は型紙の上からハート型の風船部分を躊躇いなく真っ赤に塗り潰した。

二〇二一年三月三日　十四時　福島第一原子力発電所構内

入退域管理棟に一歩足を踏み入れると、そこから先は海外で入国審査を受けるかのような、いやそれ以上に厳重な本人確認が行われる。

前もって申請していた書類をもとに一人ひとり名前を呼ばれ、証明書類と付き合わせてから、金属探知機ゲートを過ぎる。

それで終わりではなく、放射線防護の観点により、汚染検査所で身体や携行品に放射性物質が付着していないか放射線測定器を使用した汚染検査を行い、個人線量計を受け取ったあと、警備のチェックを受けて初めてゲートをくぐることができる。入域したら、構内案内用の大型バスに乗り込み、車窓から敷地内を眺めることとなる。ただし、通常の見学ルートで唯一降車できる場所がある。

それが原子炉建屋の全景を見渡せる高台だ。

「えー、ここは一号機から四号機を一度に見渡せる高台になります。二〇二〇年九月に首相もここに降り立ち、ヘルメットや防護服を着用せずにスーツ姿でご視察されました。また、昨年には一号機と二号機の排気筒を解体する作業が完了しましたので、この場所からご確認いただけます」

現地説明員は、そう言うと、日本記者クラブの団体をバスの外へと誘導した。

「ここでは何分くらい降車時間があるのですか？」

眼鏡をかけた年配の記者がバスの運転手に尋ねている。

「線量の関係もあるので、概ね十五分程度です」

「そうですか。それならＩＣレコーダーだけ持っていくか」

ぞろぞろと記者がステップを降りてゆく。

高台に出るには、放射線を遮るための壁向こうに渡る必要があった。グレーのモルタルの壁は、ところどころ高さを変えながら、各号機の下半分を覆うように囲っていた。

バス降車の列の最後に放射線量の管理と記録用のカメラ撮影を行う係員がついた。

説明員は一号機の前に立つと、記者を前に廃炉作業の進捗について説明を始めた。

「一号機の瓦礫を撤去するのに、このまま撤去作業を進めると放射性のダストを周囲に撒き散らしてしまいます。よって月に一度、瓦礫周辺に飛散防止剤を撒くなどの対策を施しています。また、瓦礫周辺にはダストモニターといって、密度を検知する装置が設置してあります。放射性のダストは、風に乗ると広範囲に飛散してしまう恐れがあるので、飛散させないシステムを構築する必要がありました。次に右手をご覧いただくと、解体前は高層ビル三十五階に相当する高さ一二〇メートルから半分に切断された排気筒がご覧いただけます。地元企業様の協力をいただきながら、遠隔操作で七五〇トンものクレーンを操作し、段階的に切断をしていきました。高所での無人による解体作業となるため、放射性物質を含むダストの飛散や機材の落下がないよう、想定されるリスクに対してさまざまな対策が取られました。そして、次に……」

途中、質問に答えながら、全号機の解説を終えるまでには、まだだいぶ時間がかかりそうだった。

毎年、このマスコミ用の視察会へ参加している明澄新聞の和田は、集団を離れて一人バスに戻ることにした。

確かに、毎回訪れるたびに、一、二号機の進捗は目に見えて変化していた。

初めて見る者であれば、些細で見落としてしまうようなことでも、ほんの少しだが、景色が変わったところは気付けるようになっていた。

和田は自分が三十一歳という年齢から、この先も廃炉の進捗を見守っていくのだろうと漠然と考えながら、一号機を違ったアングルから見下ろすために、壁沿いの端まで歩いてみることにした。

もうすぐ壁の終わりまでたどり着くと思ったそのとき、遠く目線の先に黒い大きなシミのようなものを見つけた。

徐々に近づくと、今度は赤い円形の印も見えた。

「あれは、これ以上先は危険ですよという標識か何かかな」

和田は更に近づいて行った。

そして、改めて壁の正面に立つと、ハッと息を呑み込んだ。


「な、な、なんだ、コレは！」

和田が目にしたのは、風を受け、たなびいた短髪が真っ赤な風船に向かって流れ、その風船を掴もうと掌を上向きに伸ばした少女の姿だった。

グレーの壁に、そこだけ命が吹きこまれたかのような真っ赤なハート型の風船は、壁を越えようとでもしているかのように空に向かって揺れているように見える。

「なぜ、少女の絵がここに……」

思考が混乱しかけた際、急に、風に乗って人の話し声が聞こえてきた。

和田が振り返ると、他の記者達がバスに戻り始めているのが見えた。

「おーい！」

和田は夢中になって両腕を空に向けて大きく左右に振った。

よくわからないが、何か大きな事件に遭遇したような高揚感に包まれた。

まだ、そのときには、壁の片隅に残された小さな黒いアルファベットに気が付いてもいなかった。

あとから、他社の記者が来て指摘され、初めてそれを手帳に書き記した。

『PANKSY』

「このサインみたいの……、本当か？　本物のパンクシーが描いた落書きなんじゃないのか？」

東陽（とうよう）新聞の、髪を赤茶色に染めたチョイ悪を気取った若手の記者が大きな身振りで叫んだ。

するると、絵のすぐ近くまで来た別の記者がボソリと呟いた。

「たぶん……ホンモノでしょう。これは。昨年、東京や大阪など各地で彼の展覧会が開かれました。だから、来日したとしても、おかしくはない」

「だとしたら……一体どうやってこの敷地内に入ったんだ？　だって、ここは、あれだけのセキュリティと監視カメラで厳重に管理されているんだぞ。事前に身分証明も送って、当日の本人確認もしているのだし。忍び込むことなんて、到底できっこない！」

集まってきた記者が騒ぎだした。

「おい、この絵は『風船と少女』じゃないか！」

「おぉ、あのシュレッダー事件で有名な！」

「嘘だろう？　まさか関東電力が仕掛けたんじゃないか？」

「まさか！　バンクシーは正体不明がウリなのだから、実名で視察に入るだなんてこと、あるわけがない」

「どうなっているんだ！　関東電力本社からプレスリリースなんてあったか？」

壁の落書きを見に来た記者達が口を揃えると、関東電力の説明員を取り囲んだ。

「みなさん、落ち着いてください。まずはバスに戻ってください。本当に私自身何も聞いておりませんし、今、初めて絵の存在に気付いたほどなのです。嘘ではありません。ええ、もちろん、今朝まで、このような絵の存在は確認されておりませんし、誰が描いたのかも私は知りません。みなさんも先ほど通過されたように、何重ものセキュリティがあるため、事前に申請のない方が勝手に入構することは不可能なんです。どうか、冷静に願います……」

説明員は、慌てふためきながら、バスへすぐに戻ろうとした。

その後ろ姿に向かって眼鏡をかけた年配の記者が一言、

「おーい、関東電力さんよ、この絵の写真、撮ってくれよぉ。俺たちカメラ持ってないんだからさぁ」

そう声をかけると、他の記者が次々に、

「何しろ、本日中に、この絵の写真だけでも渡してほしい」

「もう、視察会は中止にして、すぐ戻りましょう、戻りましょう」

などと一目散に戻って社に記事を送りたくてうずうずしている様子が伝わる発言が相次いだ。

「参ったな、なんてこった。今朝のミーティングでこんな話、あがっていたか？　あの落書き、いったい誰が描いたっていうんだ！　ったく！　この場をどうやって押さえろっていうんだ」

説明員は手に汗を掻きながら、すぐさま本社へ電話をし、バスを引き返させた。

*

十八時過ぎ、成田空港に向けて関係者の一行を見送るためにタクシーに同乗していた美波に、里実は我慢できずにメールを入れた。

「すぐに、スマホでこのURLのニュースを見て。そして彼に、ニュース内容を伝えて」

送られてきたニュースの見出しには、次のように書かれていた。

『パンクシー、福島第一に現れる？』

『三月三日十四時半頃、福島第一原子力発電所構内の地上三十五メートルの高台の壁に、イギリスのグラフィティ作家パンクシーのものと思われる絵が描かれていることを日本記者クラブの記者が発見した。関東電力は現時点では絵の内容について「調査中」としており、明日、記者会見を開く見通しだ。パンクシー作品に詳しい現代アート評論家の田邉薫(たなべかおる)氏は次のように述べている。「絵は二〇一八年のサザビーズ・オークションのシュレッダー事件で一躍有名になった『風船と少女』によく似ているが、一カ所、明らかに違う点が確認できる。少女が風船へ伸ばす手の向きが手の甲を上にするのではなく、手のひらを上向きにしていること。パンクシー作品は、明確なメッセージが備わっているのが特徴で、この小さな変化に、何かしらパンクシーからの日本社会へ向けたメッセージがこめられているものと考えられる』

夕方のニュースでは、日本だけでなく、世界中のメディアがこぞって福島に突如現れたパンクシーの『風船と少女』作品を報じた。

そして同時に、福島を含む東日本地方が二〇一一年の大震災から丸十年を迎えるとともに、これまでの地域の復興の歩みを紹介した。

町の商業施設や研究機関、子供たちの笑顔とインタビューを受けて驚く住民の生の声が各局から次々に流された。

「もし本当にパンクシーが描いたのなら、その絵を見たいです」

二〇二〇年三月に全線開通した常磐線を使って通学しているという女子高校生が広野駅前の取材で恥ずかしそうに答えていたかと思うと、二〇一九年八月に福島県内で最後に漁港再開できた富岡漁港の釣り船から降りてきた一般の釣り客は大きなヒラメを見せながら、

「あんまり知られてないけれど、ここはいい漁場なんだよ」

と笑顔でモニターにVサインを送った。

また、二〇一八年に開業した楢葉町の商業施設では、二〇二〇年八月に来客数が一二〇万人を突破したことを紹介しながら、買い物客より、

「買い物だけでなく地域の人と交流できるから、用がなくても毎日顔を出しているよ」

というコメントを引きだして、町の賑わいを伝えた。同時に楢葉の国立研究機関でのロボット試験の様子や遠隔技術開発の最前線もレポートされた。今、ここの福島が、あらゆる角度で報じられたのだった。

そして、この作品がロンドンの橋下に最初に描かれた際に添えられた言葉「THERE IS ALWAYS HOPE（いつだって希望はある）」を紹介して、これからの福島の未来に対するバンクシーからの応援メッセージではないかと結んだ。

二〇二一年三月四日　十六時　関東電力本社　広報室

「鈴木さーん、一番にお電話です」

会社の代表電話にかかってきた電話を取り次いだ広報グループの土岐雅子がだるそうに片手を挙げた。

「ちょっと今、取り込んでいるから、名前聞いてかけ直すって言って!」

里実は、フロアに響くくらい大きな声で返した。暫くして、

「鈴木さーん、駄目、駄目ですってば。作家の山下豪先生から、どうしても繋いでくれって」

と、さっきとはまるで違った、慌てた声が返ってきた。

「えっ?　山下先生が……わかった、回して」

里実はそう言うと、そっと席を離れた。

「もしもし、鈴木ですが」

里実が早口で受話器に声を押し殺すようにして答えると、山下氏も声のトーンを落と

して訊いてきた。

「鈴木さんね、忙しいと思うから、単刀直入に言うよ。まさかパンクシーに絵を描かせたのは、お前さんか？」

　里実は少し沈黙して、言葉を選んで言った。

「先生、私は真面目な会社の、お粗末な発想しか持てない一社員に過ぎませんよ」

「あははは、まさか。じゃあ、昨日の夕方のニュースは、君とは関係ないとでも？」

「さぁ、私には今、そのご質問にはお答えできません。お察しのとおり現在、会社はマスコミからの問い合わせが国内外からひっきりなしで、てんてこまいなんですよ。パンクシー作品の収集家として知られる米国の名だたるセレブリティがツイッターに『フクシマダイイチを視察したい』と呟いたことから、関係者を通じて申し入れがあったなどの噂まで流れたりして……」

　里実は、急に声を落としてから、ゆっくり言葉を続けた。

「でも……。山下先生から『パンクシー』という言葉を聞かなかったら、こんな日は来なかったかもしれません」

　思わず、笑みが零れた。

視線をフロアの報道グループに向けると、こちらを見てニヤリとした滝川篤志と目が合い、慌てて逸らした。

「鈴木さん、それじゃあ、今回の『事件』は、関東電力とは無関係ってことで良いのかな？」

「山下さん、やめてください。そんな『事件』だなんて……」

里実は小さな声で慌てて否定した。

「Ｆｕｋｕｓｈｉｍａに再び大きなスポットライトが当たったんだ。ＢＢＣをはじめ、アメリカのＡＢＣ、ＣＢＳ、ＮＢＣの三大放送局、ワシントンポストにブルームバーグ、中国の中央テレビに新華社通信、ロシア放送局、韓国のＫＢＳ。事故後以来、こんなに福島が世界中のメディアに取り上げられたことなんてなかったんじゃないのか？　そして、来週は事故から丸十年。デキすぎている……」

福島を風化させない。

福島の復興なくして、日本の再生はないとまで首相は言っていた。

「福島を見てほしい」

「福島に来てほしい」

「福島の人に、もう一度希望を持ってほしい」

そう私たちは願ってきたのだ。


福島の　避難を強いられた人々の、ただただ望む一点のために。

福島復興。

それは、事故を起こした側も避難を強いられた側にも共通の願いだった。

あの日、美波が彼の話を里実に教えてくれなかったなら。

在英国日本国大使館の友人に電話をかけ了解を得られなかったら。

そして、パンクシー、彼こそが社会に対して、もう一度福島に目を向けさせたいと願ってくれなかったなら。


これは、奇跡なんかじゃない。

単なる偶然でもない。

想像は、現実を超えていくのだ。

二〇〇二年、ロンドンのウォータールー橋に上がる階段に描かれた『風船と少女』という落書き（グラフィティ）を元にした作品が、世界を驚かせたのは二〇一八年のオークションだった。

そして、二〇二一年、『風船と少女』が誕生してから二〇年後に、もう一度、世界をあっと言わしめることとなった。

「少女のハタチの誕生日は、最も破壊され、そして今、最も創造的なＦｕｋｕｓｈｉｍａで祝おうと思ったのさ」

里実が、この提案を引き受けてくれたお礼をパンクシーに伝えると、彼はそう言って少年のようなはにかんだ笑顔をみせた。

あの英国大使館の一行が高台を渡り、各号機の説明を受けていた僅か十五分間という短い時間を使って、里実と美波という二人を壁にした影で、みるみる間に絵が完成されていく様子は、まるでショートフィルムを観ているかのような錯覚にとらわれた。

思わず、この怒涛（どとう）の一日を思い返していると、受話器ごしに山下氏の囁くような声が聞こえて我に返った。

「鈴木さん、これから記者会見なんでしょう？　せめて最後に一つだけ話を聞いてくれるかい？」

里実が返事をする前に、山下氏は話し始めた。

「今回のことが落ち着いたら、ぜひ一連の出来事を本にして書き残したいと思っているんだ。どうだろう？　協力してくれるかな？」

さすが人気作家だ。

里実は暫く返事を考えあぐねてから、こう答えた。

「いいですよ。でも……その本のタイトルは、私が決めてもいいですか？」

今度は山下氏が一瞬、黙り込んだ。

「なんだね？　もう、心に決まっているタイトルが、まるであるかのような言いぶりじゃないか」

「はい。今……たった今、思い浮かびました」

窓の外の建物の隙間から見える、尖った空を眺めて言った。

雲の切れ間からは、青空がのぞいている。

この空は、少女が手を伸ばした、あの福島の空と繋がっている。


『掌を空に』

里実がそう告げると、受話器の向こうからホォーッと大きく息を吐いた山下氏の息遣いが聞こえた。

＊

あと十分で記者会見が始まる。

報道陣が詰め掛けて受付が大混乱になっているらしいと東が会見場に降りて行った。

そんなとき、社会報道グループの課長が血相を変えてフロアに戻ってくるなり、声を張り上げた。

「受付に、たった今、パンクシーからの国際電報が届いたそうだ！」

「なんだって！」

突如、広報室のフロア中がざわめいた。

「誰か、すぐに翻訳に降りてきて！」

その声に気が付くと手を挙げていた。

「私、行きます！」


廊下に出ると、どこからか風が通り抜けた。

スカートの裾に春の気配を感じながら、パンプスを響かせて階段を一目散に下った。

もうすぐ、
福島の、
復興の幕が上がる。
『日本のみなさん。世界中のメディアのみなさん、Ｆｕｋｕｓｈｉｍａにようこそ。

半年前に、日本の首相が変わってすぐにここを訪れたときに、こう言っていた。「福島の復興なくして東北の復興なし。東北の復興なくして日本再生なし。これが内閣の基本方針だ」と。

東日本大震災から来週で丸十年だ。

あの原子力事故が起きた地が今、どうなっているか、世界のどれだけの人が知っているだろうか。

「福島が復興しない限り日本は再生したとはいえない」と、オリンピック開催国のトップが言っているんだ。

さぁ、見に来たまえ、諸君。

少女は掌を広げて待っているよ。』

終章

『作家　山下豪さま

三月十一日が過ぎて、また一年が経ちました。

あの一連の事件、山下先生は「事件」と言っておりましたが、私には、そうなるべくして、起こった出来事とでも申しましょうか。

私が望むとも望まなくとも、必然的に起こった神の一策だったのではないのかと、いま振り返ると、そんなふうに、どこか他人事のように思えてなりません。

先生、「十年ひと昔」って、本当でしょうか。

世の中は移り変わりが激しく、十年も経つと、もう昔のことになってしまう。だから歳月の流れを、十年をひと区切りにして考えるという意味のようですが、私にはこの十年を、そう思えたことはありません。

おそらく福島の人にとって、また、福島の全号機廃炉を決めて作業を進めている関東電力にとっては、十年といっても、つい昨日のように思い出される出来事ではなかったでしょうか。

もしかしたら昨夜見た夢のような、記憶のおぼろげな、思い出しても、現実との境が曖昧なくらい不確かなものだと感じているかもしれません。

なぜなら、福島浜通りで生まれ、事故を招いた企業で働き続ける夫が、これまでの十年を今まで生きてきた中での十年と同じように感じているようには、とても見えなかったからです。

私は毎夜、夫の寝言なのか、ため息なのか、心の声なのかわからない言葉で今も目を覚まします。

『早く帰りたい』。

この言葉には行き先がありません。

たまに『どこに?』と寝ている人に呼びかけるのですが、答えはありません。

でも、帰る場所は、故郷を持つ人の帰る場所と言ったら、一つしかない。

それは福島。うつくしま、ふくしまと称された、豊穣(ほうじょう)な大地と新鮮な海の幸に恵まれた土地に他なりません。


この十年、私にできることは、何もありませんでした。

でも、初めて見つかったんです。あの日。

見つけたと言うより、それはまるで使命であるかのように。

『早く帰りたい』と願う、すべての人のために、動き出さないといけないと思いました。

それが、あの「事件」の発端です。

私は、パンクシーのように正体不明のアーティストでもなければ、世界のメディアから注目されるような有名人でもありません。だけど、いつだって希望はある。

ただの会社員でも、想いと考えに共感してくれる人さえ、そばにいてくれたのなら。

先生、この十年が「ひと昔」にできない理由はもう一つあります。二〇一九年、中国武漢から新型コロナウィルスが全世界へと拡散していきました。これからの十年は、今までの人類が経験してこなかったような世界となることでしょう。

もはや、ビフォーコロナは完全に終結し、もっと生々しくて、言葉にできない感情が一人ひとりの心の底に澱のように溜まっていく十年となるはずです。

新型コロナウィルスは、身体を蝕むだけでなく、人々の本来持ち合わせている温かな感情さえも殺してゆきました。

コロナ差別が明るみになったとき、私は十年前を思い出さずにはいられませんでした。「放射線が伝染る」と言われ、福島から他の都道府県に避難してきた人々は、身を潜めるようにして、根拠のない噂や中傷に耐えて過ごしました。

私の福島の両親も、話すと方言が出て気付かれてしまうからと、避難当初は誰とも関わろうとはしませんでした。

本来、助けなければならない人を、冷たく突き放したのは、理解できないことを排除したいと願う人間の本質と社会の漠然とした不安が掛けあわされて広がっていった、曖昧な空気でした。

そして、それは悪気のない言葉と、無自覚な知識のなさによって、福島の人々を傷つけていきました。

人の命を救おうとしている医療従事者が「コロナが伝染る」と忌み避けられる事態は、今に始まったことではありません。

そう、「十年ひと昔」前から福島で起こっていたこと。

そして、今も風評という根拠のない差別に、福島が苦しめられ続けているのは、先生もご承知のとおりです。

どうしたら、ひと昔だと終わったことにされずに、今の福島に社会の目を向けさせることができるのか、ずっと考えてきました。

私は、人の関心は距離に比例すると思っています。

近くにいる人のほうが遠くにいる人のことより、よく知っているし、関心が高くなることは日々の折々で感じることです。

なぜなら、見えない相手、情報の入ってこない相手には「知らない」という一言で、アラスカに暮らすイヌイットの狩猟民族や、モンゴルの草原でパオに身を寄せ合う遊牧民族や、イスラエルの難民キャンプで支援物資に頼って暮らす民族のことを知らないのと同じくらいの距離の遠さを感じるからです。

同じ国内、同じ陸続きなのに。

東京から車でも電車でも三時間程度の近さなのに。

震災前まで首都圏の電力の多くは福島でつくられていたのに。

福島に来て、見て、感じてもらうには。

他人事ではなく、自分に近い土地であり、人であり、企業であることを気付いてもらうためには。

私には、バンクシーの力を借りるしかなかった。

イギリスから一万キロも離れた福島に、何の縁も思いもないと思われた、あの男(ひと)に出会わなかったなら……。

今回、先生に物語として書いていただくのに際して、先日インタビューにお答えいたしました。

長い、長いお時間がかかってしまいましたが、まさか私のことまで訊かれるとは思っていなかったので、何度も話が中断してしまってごめんなさい。

帰宅してから、きちんとお伝えできていたか心配で、改めて筆を執った次第です。

どうしてもこれだけは伝えたかった。

「どうか、十年を、昔で括らないでください」

あの少女のように、私は今も思いきり掌を伸ばしているのです。

雲の切れ間から、希望の光がわずかでも射し込む限り。』

里美は、そこで一度ペンを置くと、顔を上げて二階の窓から遠くに見える民家の微かな灯りに目を凝らした。

明日の朝は早い。

十年ぶりの田起こしに張り切っていた義父のいびきが、階下の部屋から聞こえてくる。

隣では、夫の規則正しい呼吸が壁にかけられた時刻の合っていない時計の秒針と同じ速さで刻まれている。

カレンダーも三月十一日、あの日のままだ。

でも、何かが始まろうとしている。新しく手に取った真っ白な便箋を見つめながら、里実は、夜の闇に紛(まぎ)れた小さな光を手繰(たぐ)り寄せるようにして心の声に耳を澄ませた。

『過去を振り返るとき、「あのとき」こうしていたらという「もしも」の空想に駆られることがあります。

「あのとき」津波が来なかったなら。

「あのとき」ウィルスを封印できたのなら。

しかし、そう言葉にした瞬間から、そのような空想は今の私たちを何も救わないことを知っています。

過ぎてしまった「あのとき」には、もう戻ることはできない。

それならば。

過去から今へ、そして未来に向けて、私は「それでも」という逆接の接続詞を選択したい。

津波によって福島の原子力発電所がすべて廃炉となった。

放射能という見えない恐怖が社会を覆った。

その十年後、新型のウィルスが全世界に蔓延した。

再び見えない恐怖と隣り合わせの日常がやってきた。

「それでも」人類の叡智と不断の努力によって、「あのとき」より状況は確実に進展している。

「それでも」今この瞬間も現状を変えていこうと日々奮闘している多くの人たちがいる。

彼らは、諦めない。

自分たちが諦めてしまったら、社会は永遠に「あのとき」から脱することができないと知っているから。

不条理な、自分一人の力ではどうにもならない世界に抗う方法はただ一つ。

「それでも」前を向く。そして、いつでも希望を失わないこと。


私は信じたいのです。人間の持つ生命力と、進化と、創造力に。

どんなときも、諦めずに挑戦し続ける勇気と、人を思いやれる心に。

福島は、再生を目指すのではなく、再生させます。

私たちが必ず。』

里実は、再びペンを置くと、書いたばかりの手紙を丁寧に三つ折にし、封筒に入れて封をした。

気付けば東の空が明るくなって来ていた。

四月といえども、東北地方の朝は、まだまだ冷える。

台所の方からやかんで湯を沸かしている音がシュンシュンと聞こえてきた。今日はおふかしをつくると言っていたから小豆を炊いているのかもしれない。

里実は、階下へ音を立てぬようゆっくり降りていくと御勝手の引き戸をそっと引いた。

「お義母さん、おはようございます。早いですね。手伝いますよ」

*

「里実ちゃーん、そんなところにいないでお茶、あがっといて」

台所と居間を仕切る曇りガラスの向こうから上がり框(がまち)まで義母、容子の声が響きわたる。

「お昼まであと少しだから。お義父さんとのぶさん、田んぼで待ってるし」

黒い作業用ゴム長に足を通しながら、汚れた手ぬぐいを肩にかけたまま、鈍い鉛色のアルミ扉を開け放った。

生ぬるい四月の風が束ねた髪の隙間から首筋、そして汗で濡れた襟元をかすめた。

空は雲が出ていないのに白く、霞がかっている。

そういえば、あの日もこんなお天気だったっけ。

木戸川沿いにある田んぼでは、朝から田植えの準備が始まっていた。

十年ぶりの米作り。土が荒れて畦（あぜ）を均すだけでも一苦労だ。

義父は今朝、食卓を囲みながら、今日のために畦塗り機を借りてこられたことを自慢げに話した。

「また米つくっちぇーなぁて言うたら、農協の義男（よしお）ちゃんがそりゃ喜んで。ホラ、すぐよ」

庭先に停めてあった、真新しい赤いトラクターを指差して、破顔した。

それにつられるようにして、めったに感情を表に出さなかった義母もうれしさを噛み締めるようにして言葉を続けた。

「さぁ、前向いて、がんばっぺ」

何もかもが元通りとなったわけではない。

福島県双葉郡の家から神奈川に避難して、今はここに居を戻したわけでもない。

もちろん、家のある楢葉町は避難指示区域が五年前に解除されて以降、顔馴染みの住人は何人も戻って来て生活をしている。

義理の両親は、この十年間住民票を移すこともなく、月に一度のペースで自宅に「仮住まい」をしながら、ずっとこの日を待ち望んできたのだ。

齢（よわい）八十が近づく高齢の身を案じて娘たちは反対していたが、生まれ育った福島で、好きなことをして余生を送ることがサラリーマン時代からの夢だったのだと頑として譲らない義父の背中には、ある覚悟があった。

風をもっと感じたくて麦わら帽を脱いだそのとき、大型のバンが田んぼの前の空き地に入ってきて停車した。わらわらと五人ほどの男性がスコップや草刈機を持って降りて来る。

「あっ」

紺色の見慣れた作業着を見て、里実は思わず声をあげた。それは関東電力のユニフォームだった。

義父は、運転席から最後に降りてきた責任者らしき男性に手を振ると大声で呼びかけた。

「みんな、よぐ来てくっちゃね。一緒に、うんめい米、つぐろうな！」

まだ何も植えられていないボコボコに荒れた土の上に、黄金色に実った稲穂が揺れているのが見えた気がした。

浜風が通り過ぎるたびに田園風景は海上のごとく波立ち、その上には白い太陽が燦々（さんさん）と降り注いでいる。

進行から振興へ。
新興から親交へ。
バトンは渡されつつある。
世代を越えて、夢を繋いで。
いつだって、希望はある。
諦めない限り、
きっと。

（了）

〈参考文献〉

『バンクシー　壊れかけた世界に愛を』吉荒夕記著、美術出版社、２０１９年９月
『バンクシー　アート・テロリスト』毛利嘉孝著、光文社新書、２０１９年12月
『BANKSY'S BRISTOL : HOME SWEET HOME』スティーブ・ライト著、作品社、２０２０年４月

青木ゆうか あおき・ゆうか

神奈川県横浜市在住。法政大学大学院修了。エネルギー関連企業勤務。本書で第７回エネルギーフォーラム小説賞を受賞。

掌（たなごころ）を空に

2021年4月12日第一刷発行

著者　青木ゆうか

発行者　志賀正利

発行所　株式会社エネルギーフォーラム
〒104-0061 東京都中央区銀座5-13-3 電話 03-5565-3500

印刷・製本　中央精版印刷株式会社

ブックデザイン　エネルギーフォーラム デザイン室

定価はカバーに表示してあります。落丁・乱丁の場合は送料小社負担でお取り替えいたします。

ISBN978-4-88555-516-9